山东师大基础教育集团教育创新系列丛书

少年留学生

潘红玲　武艳　主编

山东教育出版社

图书在版编目（CIP）数据

少年留学生/潘红玲，武艳主编． —济南：山东教育出版社，2017.10

（山东师大基础教育集团教育创新系列丛书/苗禾鸣，李培荣主编）

ISBN 978-7-5701-0003-3

Ⅰ．①少… Ⅱ．①潘… ②武… Ⅲ．①纪实文学—中国—当代 Ⅳ．①I25

中国版本图书馆CIP数据核字（2017）第252409号

山东师大基础教育集团教育创新系列丛书

苗禾鸣 李培荣 主编

少年留学生

潘红玲 武艳 主编

主　　管：山东出版传媒股份有限公司

出 版 者：山东教育出版社

　　　　　（济南市纬一路321号 邮编：250001）

电　　话：(0531) 82092664 传真：(0531) 82092625

网　　址：www.sjs.com.cn

发 行 者：山东教育出版社

印　　刷：山东泰安新华印务有限责任公司

版　　次：2017年10月第1版第1次印刷

规　　格：710mm×1000mm 16开本

印　　张：9印张

印　　数：1—3000

字　　数：110千字

书　　号：ISBN 978-7-5701-0003-3

定　　价：36.00元

（如印装质量有问题，请与印刷厂联系调换）

（电话：0538-6119313）

编委会

　　"师夷长技以自强。"一百多年前，容闳率领一批晚清幼童驶向大洋彼岸，首开近代中国少年的留学先河。在他们之后，一批又一批的炎黄儿女为了国家的复兴，民族的强盛，纷纷跨出国门，掀起了一轮又一轮的留学热潮。一个世纪过去了，他们的梦想与成就依然闪耀在中华民族的史册上。严复、詹天佑、鲁迅、梁思成、徐志摩、钱学森……这些名字至今仍激励着梦想成才的莘莘学子。

　　在全球化发展的今天，我们的课堂不仅仅是一方书桌。2014年，山东师大基础教育集团成立伊始就提出要将课堂延伸到国外去。在山东省教育厅的支持与帮助下，集团与加拿大魁北克省蒙特利尔市玛格丽特·布尔瓦教育局共同启动为期一年的小留学生项目，集团与澳大利亚昆士兰州顶尖私立学校克雷菲尔学校、伊普斯维奇女子文法学校、伊普斯维奇文法学校合作推出为期一个学期的迷你留学项目……从此，集团的孩子们开始了"走出国门看世界"之旅，奔赴新加坡、日本、加拿大、澳大利亚、美国、英国等国家进行学习交流活动。他们在小小的年龄，背起行囊独闯异乡，开阔眼界，增长见识。

本书主要由留学生活、专家访谈、项目介绍三部分组成，收录了集团师生在加拿大、澳大利亚两国学习访问期间的真实经历和感悟，再现了小留学生们留学光环背后的艰苦奋斗与不懈拼搏、倔强成长与宝贵收获。这本书是集团国际教育交流工作绽放的花朵，是集团与加拿大、澳大利亚两国学校友谊的见证，是这些年集团小留学生、赴海外交流教师以及家长们的共同财富。希望书里的故事和观点能够给拥有留学梦想的人提供更多参考，希望当你阅读完这本书后，心中的迷茫烟消云散，理想也因此变得更加坚实。

风物长宜放眼量，在本书即将出版之际，捷报传来。今年7月，集团澳洲教育中心举行揭牌仪式，这是集团建成的首个海外教育中心，亦是集团坚定不移开展国际教育交流的胸襟气魄和时代见证。期待未来有更多的师生走出国门，牵手多样世界，展示自我风采，成就人生梦想。

潘红玲

二〇一七年七月

留学生活

专家访谈

项目介绍

留学生活

Part 1

蒙特利尔欢迎你

　　初到加拿大的小留学生开始了全新的生活，陌生的语言、文化、家庭和学校让他们面临着不小的挑战。为了让他们更快地融入到当地生活中，学校举办了一场隆重的欢迎仪式，欢迎中国留学生的到来。

　　2013年12月2日早上，欢迎仪式在Longtin校长的欢迎辞中拉开序幕。学校合唱团为大家带来了精彩的演唱和表演。接着，18位小留学生们走上舞台，加入了合唱队伍，用中文、法语、英语、西班牙语演唱了一首《和平友爱地欢迎你》，赢得了全场观众的阵阵掌声与喝彩。随后，教育局局

Longtin校长致欢迎词

Maria Tutino市长为昊臻颁发Baie-D' Urfé市民证书

长、主席分别上台致辞，欢迎来自山东济南的18位小留学生。感谢教育局全体员工与学校全体师生做出的积极努力，希望留学生们在这里生活愉快，学有所成。

　　Baie-D' Urfé市长Maria Tutino代表市政府上台讲话，欢迎18位中国小留学生的到来，并为每位学生颁发了Baie-D' Urfé市民证书，与学生们进行了亲切交流。此时，体育馆内响起了欢快的音乐，全校师生一起演唱欢迎歌曲，大家随音乐起舞，现场气氛十分热烈，将欢迎仪式推向了高潮。

　　随后，市长带领全校师生开始了一场具有中国特色的舞龙游行。每个班级都有各自的特色：有的舞龙，有的带着中国面具，有的带着纸做的斗笠，有的吹奏乐器，还有的挥舞彩带。中国学生班则挥舞着两面Baie-D' Urfé市旗，场面十分壮观。游行之后，全体师生回到操场跳起Zumba，在欢笑声中结束了此次欢迎仪式。

　　精心准备的欢迎仪式满载着蒙特利尔市民对小留学生的欢迎，让小小年纪就远离家乡的小留学生们感受到了家的温暖。

（带队教师　李贞瑞）

精彩欢迎仪式，开启加国之旅

2015年9月17日，山东师大基础教育集团第三届赴加拿大蒙特利尔的小留学生一行20人经过近二十个小时的长途飞行顺利抵达蒙特利尔，开启了为期一年的留学生活。在这里，他们将全身心地融入当地学校、家庭和社区，浸润式学习法语，并全方位感受当地的多元文化。

入秋的蒙特利尔深夜，冷风袭人，机场大厅里却传来了阵阵欢声笑语。蒙特利尔市玛格丽特·布尔瓦教育局国际处左亚琴女士、Murielle-Dumont小学黑蒙校长以及homestay的爸爸妈妈们早早来到机场，迎接远道而来的孩子们。他们有的准备了彩色气球，有的精心绘制了欢迎标语，有的带来了可口的夜宵，黑蒙校长还特意带来了一面鲜艳的五星红旗。热烈的欢迎场面让刚刚经历了长途颠簸的孩子们倍感温暖。

机场大厅内热烈的欢迎场面

全校师生欢迎我们的到来

装扮一新的会场

黑蒙校长致欢迎辞

　　9月22日，Murielle-Dumont小学为中国小留学生精心准备的欢迎仪式在体育馆隆重举行。体育馆里处处洋溢着热烈友好的气氛：中国国旗、中国结、中国对联等中国元素随处可见，"你好""欢迎"等中国声音不绝于耳，温暖充盈在每一个人心里。20名小留学生的入场更是赢得了热烈的掌声和欢呼声，学校600余名师生用他们最热情的掌声、最真挚的笑脸欢迎这些远道而来的小伙伴。

　　欢迎会上，玛格丽特·布尔瓦教育局副局长Jean-Pierre Bedard先生、教育局副主席Sonia Lalonde女士、Murielle-Dumont小学黑蒙校长先后致

辞，对小留学生的到来表示热烈欢迎，并祝愿他们在蒙特利尔学习与生活一切顺利。

　　山东师大基础教育集团国际交流与合作处主任潘红玲代表集团致辞，她回顾了开展小留学生项目三年来的历程，感谢玛格丽特·布尔瓦教育局为推动小留学生项目的发展所做的积极努力，感谢以黑蒙校长为首的Murielle-Dumont小学全体师生为本届小留学生所付出的心血，感谢homestay给予小留学生亲人般的温暖，同时勉励小留学生们勇敢接受新的挑战，珍惜学习机会，做最好的自己。

国际交流与合作处主任潘红玲代表集团讲话

　　接着，两校学生分别表演了具有本国特色的节目，Murielle-Dumont小学的同学们演唱了欢迎歌曲Le grand cerf-volant（大风筝）。他们手持亲手制作的风筝，歌声娓娓动听，纯真的童声宛如天籁。"风筝飞得高又高，也要飞回家"，唱罢，他们把一只只风筝送到中国小留学生手中，大家从此结为伙伴、共同成长。20名小留学生则统一身着印有京剧脸谱的T恤，表演了极具中国民族特色的歌曲《茉莉花》和动感十足的舞蹈《小苹果》。伴随着优美的旋律，全场师生跟着孩子们一起律动起来，他们努力地模仿、适时地拍手打节奏，整个现场成了欢乐的海洋。

欢迎仪式结束后，学校为全体师生准备了可口的纸杯蛋糕。留学生们与当地学生一起品尝蛋糕，在快乐中增进友谊，在交谈中学习知识。

"情牵中加，花香万里。"伴随着欢迎仪式的结束，美好的加拿大文化浸润之旅正式开启，小留学生们将在这里结识更多朋友，收获更多知识，感受更多精彩。虽然会有重重困难，但孩子们已经信心满满地做好了一切准备，随时接受挑战，勇敢放飞！

（带队教师　张丽芳）

留下难忘瞬间

初识冰壶

今天，学校又组织我们班出去活动了，这次是要去体验冰壶运动。冰壶起源于14世纪的苏格兰，于1807年传入加拿大。这是冬季奥运会上很热门的一个比赛项目。冰壶也是一项很昂贵的运动，因为除了场地因素，冰壶的石头全部产于苏格兰福斯阿利斯岛，一个冰壶至少要2000美元。

早上，我们从学校出发，步行30多分钟便到达了位于Baie-D' Urfé市的冰壶馆。走进冰壶馆，一股寒气迎面扑来，我不禁打了个寒颤。一位教练先给我们讲解了冰壶的知识和比赛规则，并进行了分组。之后，我们就进入冰壶场，准备大显身手。冰壶场里的冰面真奇特，学速滑的冰场要求冰

练习打冰壶

面越光滑越好，可这里的冰面却不是绝对的平滑，而是被打磨过，只有这样才能为控制冰壶前进速度提供所需的摩擦力。

我们首先学习了如何掷冰壶，这可是一门技术活，42磅重的冰壶，我们要用适当的力度把它推到目的地，不能用力过猛，不然它就越过了目标。教练边示范边讲解，要先立正准备，再把右脚踩在后蹬子上，然后单膝跪地，握住冰壶把手，最后后腿一蹬，前脚与后膝借助推力与惯性向前滑着推出冰壶，到线时要慢慢松开手，让冰壶自己往前滑行；这时，会有两名同学在冰壶前面，一人一边看情况刷冰面，以控制冰壶的滑行速度，让冰壶顺利到达目标地点。

两人一组练习了一会儿后，我们就进行小组比赛了。大家纷纷摩拳擦掌，投入比赛。我发现这项运动真是不简单，要把冰壶顺利掷出就必须用巧劲，还需要密切的团队合作。每个组的成员都团结一致，铆着劲儿争夺奖品，一次又一次欢呼，一个又一个奖品夺到手中，大家互不相让，个个都想要得到奖品。

转眼间，冰壶比赛时间结束了，大家回到休息室休息，场上的"敌人"又立刻变成了朋友，个个喜笑颜开，一边讨论冰壶运动的乐趣，一边观看着电视上真正的冰壶比赛。

美好的一次冰壶体验结束了，希望下次有机会还可以来打冰壶。

（小留学生　李天润）

感受万圣节

今天晚上是我在加拿大过的第一个节日——万圣节！我真的十分兴奋，因为早就听说过万圣节"不给糖就捣蛋"的传统，今晚，我终于可以穿上奇装异服拿着南瓜灯挨家挨户地要我喜欢的糖果啦！

万圣节本来是西方国家的一个宗教节日，是纪念所有圣徒的节日，但是今天，万圣节早已慢慢褪去宗教色彩，不再充满宗教和迷信色彩，万圣节这个传统节日也变成了年轻人们的"画妆舞会"。孩子们一起出门要糖，万圣节的晚上就变得欢乐起来了。

在万圣节前些天，住家爸妈就带领我和住家弟弟们制作了南瓜灯。南

我们亲手制作的南瓜灯

瓜灯的制作过程很简单，我们首先去超市挑选了一个表面光滑且漂亮的大南瓜，回到家后从有瓜蒂的一头切下一块，然后把里面的瓜瓢掏空，再在瓜身上刻出魔鬼的脸型，最后在里面点一支蜡烛就大功告成啦！听住家妈妈说，用过的南瓜灯人们已经不能食用了，但是也不会直接丢掉，而是把它们放在门口的草坪上，让路过的小动物们吃。我想，难怪加拿大的小动物大都不怕人呢，是因为人们非常爱护动物，从来不会伤害它们吧。

终于等到万圣节了，我该穿些什么呢？其实在来加拿大之前，我就准备好了，一直等到今天。我有一个"血迹斑斑"的面具；一顶海盗船长的帽子；一个巨大的锤子，上面也有很多血迹；还有一个黑色的披风。我把自己装扮成了一个拿着锤子到处进行破坏的可怕恶魔。我的住家有两个孩子，他们一个拿着弓箭，全副武装，变成了一个厉害的射手；另一个穿着被烧干了的衬衫，戴上一个爆炸头假发，拿着一个"电箱"（电箱当然是假的），变成了一个被电糊了的"干尸"。真是太酷了！

之后，我们就去挨家挨户要糖了。一路上，我看到一些"僵尸""吸

瞧瞧我们的万圣节装扮

血鬼"，还有男扮女装或者女扮男装的人，甚至有些人把自己打扮成了万圣节的标志性物品——大南瓜，有趣极了。开始我还有点害羞，不好意思要，后来在住家弟弟们的带领下，渐渐放开了胆儿。而且，绝大多数人都非常热情地塞给我们好多糖果。最终，我们都满载而归了。

在这次活动中，我不仅穿上了奇装异服，得到了糖果，还知道了加拿大当地的人文和节日习俗，也度过了一个美好的夜晚，让我在加拿大的生活更加充实。

（小留学生　朱兆和）

我们的万圣节装扮

融入新学校，体验新生活

来到蒙特利尔已有一个星期了，小留学生们已经开始熟悉校园的环境和规则，逐渐融入到当地丰富多彩的学校生活中。

周一，Joseph Henrico小学特意为小留学生们举办了一场欢迎午宴，以中餐为主，在味蕾上缓解一下他们的思乡之情。下午全校师生进行趣味性比赛，在游戏中增进了他们与当地学生的友谊。体育课上，同学们跟着风趣幽默的Constantin老师学习杂技：扔手帕、杯叠杯、抖空竹、高空体操……每个人都习得了几项新技能。音乐课上，Secco老师带领同学们为即将到来的欢迎仪式准备了一场合唱表演，合唱由中文、英语、法语、西班牙

Madame Secco老师指导我们合唱

语几种语言组成，主题为"和平友爱地欢迎你"，象征着不同语言和文化之间的和谐共处。大课间，同学们尽情地在校园奔跑、嬉戏、荡秋千、尝试各种体育器械，个个都变身"孙悟空"，有了十八般武艺，在校园的各个角落释放自己的能量。学校一年一度的图书市场Book Fair在体育馆内举行，有科学、地理、生物、音乐、艺术、文学、动漫等各类书籍，琳琅满目，小留学生们徜徉在书海中，挑选着自己喜欢的图书。冬姑娘也迫不及待地和小留学生们打招呼了，送来了调皮可爱的雪精灵，用雪白装点了美丽的校园。

惬意的阅读课

加拿大的学校生活丰富充实、精彩有趣，小留学生们感受到了当地人对他们的热情与友善，远离父母的失落心情以及刚到新环境的紧张情绪也开始被新鲜事物带来的冲击所取代，在孩子们的脸上，我发现了更多笑容。

小留学生们是幸运的，有机会来到这样一个美丽的国度；小留学生们又是幸福的，在这样一个充满爱的学校里学习。相信他们会在这里留下一生中最美好的回忆。

（带队教师　李贞瑞）

第一节踢踏舞课

今天是星期五，下课铃一响，我就和住家的三个小朋友直奔舞蹈教室，这次我们学的不是芭蕾舞，也不是拉丁舞，而是脚上功夫——踢踏舞。

这是我第一次学踢踏舞，和住家的三个小伙伴根本不是一个水平，所以我只

踢踏舞者——昊臻与住家弟弟

能和一个年轻的黑人女教师在教室外学一些最基础的动作。一开始老师只教给了我们几个简单的动作，比如用脚尖和脚跟去敲打地面，后来难度越来越高，最后老师教给我一个看似简单、但又要抓住窍门的动作，就是先抬右脚向前踢然后再向后，就这样做两遍后，第二遍脚落到中间的时候，整个人向上一跳，落地后必须右脚着地，左脚抬起。但是如果你穿着踢踏鞋右脚着地的话，脚会很疼，而且声音还会很大，于是我在做右脚着地时改成脚尖着地，这样不仅声音会变小，而且脚也不那么疼了……

时间过得飞快，不一会舞蹈教室里响起了下课铃声，我的第一节踢踏舞课在欢快的铃声中结束了。

（小留学生　杨昊臻）

冰雪嘉年华

　　2月底，蒙特利尔正值深冬，一片冰天雪地，学校组织全校学生参加了有趣的雪上嘉年华活动，跟随我来体验一把吧。

　　在嘉年华里，每个班都可以选择三个项目，项目有越野滑雪、滑冰、雪上行走、轮胎滑雪和打冰球等。

　　首先，我们要参加的一项集体活动是越野滑雪，这与高山滑雪不同，不是在高高的雪山上飞速滑下，而是用滑雪杆用力往后滑，而双脚却只是踩着长长的雪板在雪地上缓慢行走。偶尔会遇到一个很小的斜坡，但是也很简单，只要重心下移，微微屈膝就可以顺利滑下。我们边滑雪，边欣赏着森林的景色，心情棒极了。

越野滑雪

然后，我们要尝试雪上行走。每个同学都要穿上一双很大的像网球拍一样的雪鞋。雪鞋底部有许许多多的锯齿，是为了防止打滑，而网球拍的形状是为了增加受力面积，不容易摔倒，以方便人们在雪上行走。

吃完午饭，我们要进行最后一个项目，也是最有意思的一项运动，就是斜坡轮胎滑雪。我们各自拿好轮胎，四个人一组到达了山顶，坐在轮胎上，几个人手拉手便出发了。我们飞快地冲下山坡，好似一只只飞奔的猛虎，又像俯冲的雄鹰，时而腾空而起，有一种说不出的神奇感受，有趣极了。

在山顶排队等待轮胎滑雪

下午两点，我们便要告别这个有趣的嘉年华，准备集合返校了。在这里，我们度过了一段难忘的快乐时光。

（小留学生　朱航林）

抗癌游行，传递爱心

12月18日，对于Joseph Henrico小学来说是一个特殊的日子。

这天中午，全校师生没有像往常一样休息，而是早早地在操场集合，准备下午的游行。

这次游行主要是去看望身患癌症的Laurent同学。Laurent是一位四年级的学生，今年9月底不幸查出患有三处癌症，已经住院治疗。得知这个消息后，校长立刻召开全体教师会议，宣布了这个噩耗，大家感到十分震惊。在大家眼中，Laurent是一位十分出色的学生，他精通魔术，乐于助人、开朗大

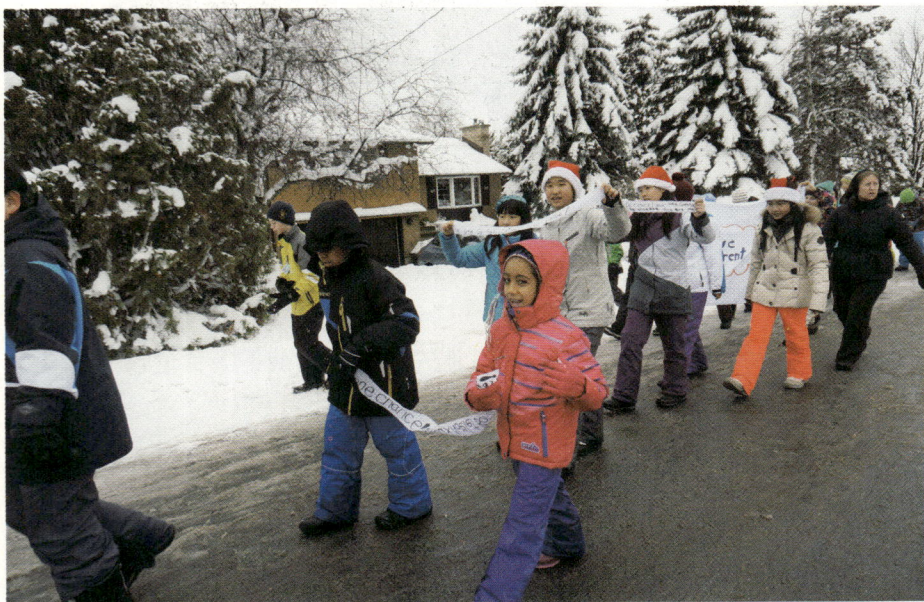

浩浩荡荡的游行队伍

方，难以相信这样一个可爱的才上四年级的小男孩竟会如此不幸……圣诞节来临，学校决定组织一次抗癌游行，为Laurent加油，并送去圣诞祝福。

12月的蒙特利尔已然经历了几场鹅毛大雪，持续的低温让雪迟迟无法融化。雪后的路面满是泥水，游行开始之前又开始飘雪了。即使天气如此恶劣，也抵挡不了同学们看望Laurent的热情。

12点半，全校师生准时在校园集合，举着提前设计好的条幅，排好队往Laurent家走去。队伍从学校浩浩荡荡地出发，喊着口号，精神高昂。有的条幅上面写着："我们在学校等你，Laurent"；有的写着："快点康复，我们想你，Laurent！"……条幅上还有同学们手绘的卡通人物，五颜六色的设计和学生签名中饱含着大家对Laurent的关爱和鼓励。有的班级边走边演奏音乐，悠扬的器乐声在路上回荡，引来无数路人加入游行队伍。队伍越来越壮大，有警车、消防车和救护车一路护送，还有家长义工和警察在队伍中间保护学生们的安全。虽然零下十度，大家却丝毫感受不到寒冷。队伍行进半个多小时，终于到达Laurent家门前。全体师生一齐不断地喊着"Laurent, Laurent！"，Laurent闻声打开窗户，从楼上的窗口向大

向Laurent送去大家的祝福

家招手，虽然戴着口罩，但掩饰不住开心和感动。每个班都朝着Laurent展开他们设计的条幅，让Laurent看到大家对他的思念和鼓励。最后大家向Laurent提前送去圣诞祝福，希望Laurent今年的圣诞充满快乐，早日康复，回到学校。

这次抗癌游行不仅表达了全校师生对于身患癌症同学的关爱和鼓励，也传递了一种正能量，呼吁全校学生关心帮助弱者，献出自己的一片爱心。生活在这样一个充满爱心的集体里，小留学生们也深受鼓舞，懂得了关爱他人的重要性。

留学加拿大，小留学生们学到的不仅仅是异国的语言和文化，而且学到了先进的精神文明内涵：富有责任心、同情心和爱心。

（带队教师　李贞瑞）

浅尝欢乐冰钓，感受别样暖冬

要说加拿大魁北克的冬季特色项目，冰钓堪称一绝。2015年2月2日，齐鲁班再次携手山东班进行了一次别开生面的集体项目，体验了一把地地道道的冰钓。

早晨8点半，孩子们集合完毕，乘坐校车一路高歌向目的地出发。在孩子们稚嫩的歌声里，不一会儿我们就来到了冰钓地点，竟是一个冰冻三尺的湖，广阔的湖面早已覆盖住厚厚的积雪，对岸的湖畔小屋在零星的雪花间若隐若现。为了让孩子们更好地了解冰钓这项活动，孩子们先进屋听了工作人员的讲解。讲解员叔叔声情并茂，配上直白易懂的展示板，孩子们听得时而哄堂大笑，时而惊叹不已。当然，好奇的孩子们不会放过任何一个机会提出自己的问题或分享自己的见解，相比屋外零下二三十度，屋内的气氛简直无法用热烈来形容。

休息片刻后，孩子们有序领取自己的专属冰钓工具，兴致勃勃地踏上了冰钓之旅。湖上有两三幢供人们取暖的小屋，屋内的火炉烧得

认真观摩学习冰钓

旺旺的，在室外冻得透心凉，乍一进屋，感觉每个细胞都要融化了。考虑到孩子们的安全，细心的工作人员只给我们展示了一下现场凿冰，那看起来相当有分量的钻头重重地钻入冰层，好一会儿才有湖水溢出。孩子们蜂拥而上，纷纷探着头看那洞到底有多深。现场凿冰结束后，工作人员带着我们来到提前凿好的冰洞前，一一指导孩子们放置渔具。不一会儿，孩子们就掌握了其中的窍门，陆陆续续就听到了孩子们的欢呼声："我钓到鱼啦！"孩子们欢呼雀跃，而可怜的鱼儿却在冰冷的湖面上拼死挣扎着。孩子们也暗暗较劲，都想在数量上一较高下，无奈，有的孩子都已将好几条鱼收入囊中，而另几个孩子的鱼钩却毫无动静，其他孩子见状，纷纷安慰："没关系，有福同享，今晚一起喝汤！"看着孩子们团结友爱的温馨场景，手里拍照的动作再一次加快。

耐心等待鱼儿上钩

别看我们全副武装，在这滴水成冰的天气里，在屋外站上半个小时，整个人都不太舒服。幸好，身后的小暖房总在关键时刻把我们冻住的神经放松下来。屋子不大，孩子们倒是很懂得谦让，三五成群且有秩序地进屋取暖。整个冰钓下来，没有人嚷嚷着冷，大家有始有终坚持了下来，不得不对孩子们的耐性刮目相看。经过漫长的等待，大部分孩子都有所收获，一条到四条不等。当然，也有一无所获的娃娃，只见他们既不烦躁，也不气恼，还自我安慰："没事，我享受的是过程！"真是一群可爱的家伙。

列着整齐的长队，我们欢欢喜喜地回到最初的房子，吃着现做的巧克力，每个人都惬意十足，就连午餐吃起来都格外香甜。饭后，孩子们在屋里玩起了有创意的真人版多米诺，场面热闹非凡。下午1点半，告别冰钓工

满满的收获与幸福

作人员，载着幸福满满的师生与骄人收获的校车奔上了回家的道路。

　　这次冰钓不仅让孩子们体验了魁北克的特色冬季活动，更在活动中历练了孩子们的忍耐力，增强了孩子们的耐心，强化了团结友爱意识，相信每一次集体活动都会给我们带来新的感动。这个冬天，有了孩子们的爱，真的不算冷。

（带队教师　李馨玮）

自制滑冰场

　　今天晚上，因为邻居朋友来玩，我们和朋友一家人一起在后院自制的滑冰场打冰球。起初我担当守门员，大家都夸我有力量，坚守得很棒，阻挡出去好几个球。后来我也上场进攻，滑起来那飞一样的感觉真爽啊！

　　这漂亮的滑冰场是Craig爸爸的杰作。每年冬天，他都会在宽阔的后院制作一个滑冰场。建设这个滑冰场可不是一件容易的事，今年我也帮了不少忙呢！首先，我们要搬来很多大木板，一块一块连起来垒边。每一块木板都非常沉，几个来回就气喘吁吁了。然后我们用钉子把木板钉在一起，在后院围成一个大大的长方形场地。之后我们又准备了一块巨大的塑料布，把它铺在下面的草地上，要确保塑料布与木板粘在一起，后面灌的水

后院自制滑冰场

才不会渗透出去。最后Craig爸爸用一个长长的水管接到水龙头上，往场地里灌水，因为场地比较大，放水会用很长时间，加上场地里有一块地方比周围其他地方高出一点儿，所以给灌水带来一些困难。在如此寒冷刺骨的冬日，Craig爸爸非常辛苦，经过两天不断地加水，终于每一个地方都铺上一层水了。可是天公不作美，第二天下雪了。于是我们又拿起雪铲，清理雪块儿，如不及时清理，结冰会造成场地不平的。没想到，轻飘飘的雪花儿和水掺在一起，变得好沉啊。我们很难清扫，加上薄薄的一层冰，很滑，根本站不稳。我们一家人齐上阵，费了九牛二虎之力，才算清理干净。然后又加水，冻干；再加水，再冻干，再扫雪；一遍又一遍，每一次清扫，我都累得直不起腰来了，更何况Craig爸爸还有好多工作要做，都累得腰酸背疼了。

自由滑行的沛恒

如今这漂亮的滑冰场，我们每天都可以滑冰和在上面打冰球，我穿上滑冰鞋，握着冰球杆，在光滑的场地上，左右一推向前滑，有一种很特殊的感觉，太舒服太爽了。更有劳动后享受胜利果实的快乐。

我明白：任何美好的事情都是要付出辛苦才能换来的。一分耕耘一分收获！有了我们反复的劳作，才使得我们这个冬天有了无比的乐趣！

（小留学生　张沛恒）

与"大熊猫"的亲密接触

　　大熊猫是我国一级保护动物，在大自然长期残酷的淘汰中，和它们同时代的很多动物都已灭绝，但憨头憨脑的大熊猫却成为了其中的佼佼者，作为"活化石"繁衍到了今天。加拿大的孩子们大多没有见过大熊猫，但是这周三，他们与大熊猫进行了一次"亲密接触"。

　　周二上午的课结束了，又到了午饭的时间，也是加拿大孩子们学习汉语的时间。我匆匆忙忙准备好笔墨和生宣纸，等待学生们的到来。安静的走廊里，人渐渐多了起来，学习汉语的小学生们都到齐了。

　　一进来，他们看到这么多中国传统绘画工具，兴奋极了。大家七嘴八舌地议论了起来："哇噻，我们今天是要画画吗？""我闻到了一股怪怪的味道，但是却又香香的，这难道就是墨汁的味道吗？""这是中国的画

刘洛伊老师开始上课

指导学生握毛笔姿势

画工具对吗？我好想尝试一下呀。"庞楠楠老师清了清嗓子，对学生们说："今天我们要邀请Lori同学教大家画中国画，画的内容是竹子和大熊猫。"同学们一阵欢呼，我却紧张得很。没错，我就是这堂画画课的老师，虽然准备了很久，但还是按压不住紧张的心情，我甚至能感受到心脏在我的胸腔里砰砰直跳。我按了按胸口，深吸了一口气，开始为同学们讲解怎样画熊猫。

"首先我们来画头。"我尽量稳住颤抖的手，在白板上开始了我的课程。同学们一步一步地跟着我画，模样十分认真，眼睛里充满对学习新知识无限的热情。以往喧闹的汉语课像变魔术般安静了下来，毛笔柔软的笔尖在雪白的生宣纸上跳起了小芭蕾，留下的黑色足迹绽放出了一朵朵友谊之花。时间在游走的笔尖上，在墨汁的芳香中，在寂静的气氛里无声无息地溜走了。画完之后，学生们都跑过来向我展示他们的画作——画中的熊猫造型奇特，有些肥肥胖胖，憨态可掬；有些长着大大圆圆的黑耳朵，一眼看去貌似小浣熊；有些熊猫有着黑黑粗粗的臂膀，这

学生们的国画作品"大熊猫"

应该是熊猫中的大力士吧？不管画技如何，所有人都在自豪地看着自己的国画，仿佛自己完成了一件不可能完成的杰作。作为一名中国人，我十分自豪能够将中国这项传统文化艺术分享给异国他乡的友人们，同时也很希望它可以在外国流行起来，让全球都能体味到中国传统文化的魅力。

最后，同学们捧着自己的"专属大熊猫"对着庞老师的相机摆出一个

"Y"造形，脸上洋溢的笑容定格在了照片中。这是最后一节汉语课，孩子们都毕业了。汉语课的完结并不代表着两国友谊的终止，相反，老师和学生们的友情中又蒙上了一层离别的留恋。

近一年的留学生活，我既近距离地感受到了加拿大万花筒般的多元文化，也尽我最大的能力去传播中国传统文化，这两种元素擦出了中加友谊的火花，我相信我们两国的友情会地久天长。

（小留学生　刘洛伊）

参观博物馆

暖风阵阵，蒙特利尔的春姑娘终于揭开了她羞涩的面纱。整个蒙特利尔好像从一个漫长的睡梦中苏醒过来，一切都变得生机勃勃。校园也开始热闹起来，伴随着和煦的春风，我们走出校园，去体验春天的美好。

Le Château Ramezay

Le Château Ramezay是蒙特利尔的一个历史博物馆，馆内收藏了很多历史文物，为我们展现了蒙特利尔的历史。

和五年级的正常班一起，我们的小留学生访问了Le Château Ramezay。

历史博物馆内合影

虽说叫城堡，但整个建筑朴实无华，四处高楼环绕的一片平房就是这个博物馆所在的地方。大门很小，排队进入后，内部别有洞天，各种各样的藏品让孩子们目不暇接。

离开展厅，孩子们分成了几个小组，由各自的博物馆讲解员带领，去探索蒙特利尔的历史。我们领略了蒙特利尔古代的室内家具、桌椅、火炉等，讲解员还着重给大家介绍了蜡烛的制作发展史，同学们听得津津有味。

下一站，讲解员带领大家体验了用羽毛笔写信，孩子们各显神通，中文、英语、法语纷纷上阵，羽毛笔也用得得心应手。写完信，孩子们又亲自观察，试穿了古代蒙特利尔人的服饰。古代的蒙特利尔，富人的服饰和穷人的服饰有很大的不同，一个强调高雅奢华，一个注重舒适方便。

除了"穿""住""用"，下一个了解的就是"吃"了。古时候，蒙特利尔人吃的食物种类不多，讲解员用一个个色彩鲜艳的塑料蔬菜或水果来吸引学生们听讲的兴趣。同学们围成一团，不时举手向讲解员提问，当知道我们现在吃的很多食物在古时候的蒙特利尔都用来喂猪时，同学们都惊叹不已。

自然生态博物馆

自然生态博物馆（Biodome de Montreal）是蒙特利尔著名的博物馆之一，是由奥林匹克自行车体育馆改建的。全馆共分热带雨林、极地、加拿大落叶林、圣罗伦斯河等四个自然生态区，展示整个美洲从热带雨林到南北极的自然生态，有大量的珍奇动植物供人参观。在Nassirah老师的带领下，小留学生们乘坐地铁来到了这座著名的生态馆，一出地铁站，映入眼帘的就是一座设计感极强的宏伟建筑，展现了它曾为奥林匹克场馆的风采。

大家怀着兴奋的心情踏入场馆，馆内的工作人员非常热情，给每位学生发放了一份包含场内所有动物的目录，并建议孩子们用自己的眼睛去寻找，去认识。这种寻宝似的参观方式很受孩子们的喜爱，他们一人一张目录，一人一根短小的铅笔，开始了探索之旅。

首先进入的是热带雨林区，高温的环境让孩子们的脸上布满了汗水，但这丝毫不影响他们探索的热情。"看这里，看这里，我找到了这种鸟！"大家分享着自己的发现，高高的树梢，低矮的洼地，不管动物们躲在哪里，都逃不过他们的"火眼金睛"。

Nassirah老师与学生在一起

从热带雨林出来就到了水族馆，这里的鱼种类繁多，都生活在美洲水域中。孩子们趴在橱窗上认真地欣赏着。再往前走，是蝙蝠馆，正值中午，大大小小的蝙蝠倒挂在房顶，地上不知名的小昆虫到处乱爬，不知是蝙蝠的食物，还是舍友？

走出水族馆，落叶林区的动物可比前面好找多了。大家叽叽喳喳讨论着，观察着。到了极地区，当之无愧的明星当然是企鹅了，摇摇摆摆的绅士们一点也不怯场，在水里自由自在地游着，不时翻滚出晶莹的水花，引起一片惊呼。

游览完了，孩子们仍意犹未尽，找到了电影放映馆，大家又一起观看了一段介绍动物的纪录片。虽然是法语介绍，他们并不能完全理解，但仍然看得津津有味。

（带队教师　庞楠楠）

别出心裁的学校节日

加拿大的小学经常通过组织各种各样的特殊节日活动，使学校生活丰富多彩，让学生们爱上学习，使师生关系、同学关系更加亲密无间。

"披萨日"（Pizza Day）

加拿大的小学生一般每天都要带午餐包，午餐是家长前一天晚上准备好的，中午全校学生都会在餐厅里吃自己带的午饭，也有的从学校里订午餐。但每个月里有一天学生不需要带午饭，那就是学校的披萨日。披萨日是家委会在开学前商定的每个月里的一天，由学生在开学初付费预定，每到披萨日，家委会负责人都会提前准备好，到午餐时间将披萨发给预定的同学。平均每人用一加元就可以买到两大块披萨，家委会将披萨日筹集的资金捐给残疾儿童基金会。学生们不仅吃到了美味的披萨，还为慈善事业贡献了自己的一份力量，那可是相当开心呀！

"睡衣日"（Pajama Day）

为了给枯燥的学习生活增添新鲜感，加拿大的学校经常规定睡衣日。这一天，学生可以带着自己最喜欢的抱枕，穿着最喜欢的睡衣，带几本自己喜欢的课外书来学校。每个人，包括校长、老师，都

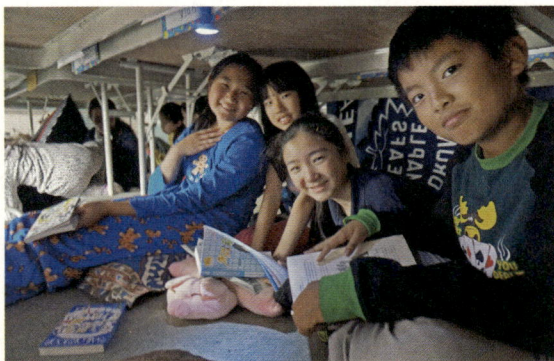

睡衣日

要穿睡衣来学校。一时间，大家都是晚间入睡前的模样，感到特别新鲜，师生、同学笑成一团。睡衣的款式、面料、花样、色调、纽扣，配套的睡帽和拖鞋……都是看不完、说不完的话题！

"疯狂帽子日"（Crazy Hat Day）

疯狂帽子日

学生要把能想得到的最奇怪的帽子都戴到学校展示风采。棒球帽太普通，安全帽还可以，钢盔也不过分。游泳帽，棉毡帽，老头帽，绅士的大礼帽，婴儿的宝宝帽，姑娘的花边遮阳帽，牛仔的宽边帽，爱斯基摩人防寒的厚皮帽，越南的斗笠，印度的包头巾，反恐的套头等等……这一天，学生们将大开眼界。还会了解到：原来帽子和地域、气候、民族、职业、年龄、性别有着如此密切的关系。

"学校狂欢节"（Henrico Fest）

这是由学校家委会自发组织的、一年一度的学校慈善狂欢节。活动期间，学生可以拿着提前购买好的活动券穿梭在校园里，做游戏，买饮料、热狗、汉堡，吃棉花糖、爆米花、冰沙等，还有激动人心的抽奖环节。场上的所有工作人员都是家长义工和老师，值得一提的是，活动中出售的一切物品均由家委会募集和捐赠，活动筹集的资金将用于学校第二年组织学生参加课外活动。

"西部牛仔晚会"（Cowboy Party）

学校课外看护班每年也会组织不同主题的派对，例如西部牛仔主题晚会，参加晚会的学生家长要自带一份食物，晚会上大家一起分享美食，看

西部牛仔舞

校长早餐

节目表演；还可以走上舞台，和学生们一起跳西部牛仔舞，十分热闹。

"与校长共进早餐"（Breakfast with the Director）

Joseph Henrico小学每个月都安排一天让表现出色的学生与校长共进早餐，学生的选拔一般有以下几个标准：每班课堂参与最积极的、最乐于助人的、学习最努力的、最遵守纪律的各选一名。每个班一般会选出三四名同学，在其他同学羡慕的眼光中去餐厅和校长共进美味早餐。早餐也由家委会提供，一般是枫糖煎饼、培根、鸡蛋，还有各种水果、饮料。小学生和校长一起吃早饭，那种感觉简直跟和国家总统一起吃饭一样，从孩子们脸上自豪与幸福的表情就能看出来。

除此之外，加拿大的学校每年都会根据季节变化和当地风俗组织不同主题的节日活动，老师还会根据自己班的实际情况，安排几个班内的特殊节日。这些特殊的学校节日也启发了学生的创造能力，让学生们从小就力图标新立异，敢为天下先。

（带队教师　李贞瑞）

难忘的圣诞节

今天我很兴奋，朦朦胧胧看到圣诞老爷爷来了，早上7点就惊醒，一骨碌爬起来。因为今天是西方传统节日，也是最隆重的节日——圣诞节，这就像中国的春节一样重要、热闹、有意义。圣诞节是为了纪念耶稣诞生的日子，每年的这一天，人们都要在美丽的圣诞树下吃美味的火鸡，打开圣诞老人送来的礼物，一起度过美好的时光。

一下楼，我便被眼前的景象震惊了。圣诞树被装扮得五彩缤纷，闪着耀眼的光芒，数不清的、形状

装满礼物的圣诞袜

各异的、带着精美包装的礼物在美丽的圣诞树周围铺了一地。还有昨晚睡前准备的果汁和面包，那是为圣诞老爷爷准备的，因为他踏着雪橇从遥远的地方来，一路辛苦，一定会渴会饿。住家妈妈敦促我快去看圣诞袜子里有什么？我一瞧，哇！袜子圆鼓鼓的，饱胀得要裂开似的。我迫不及待地把礼物都倒了出来，有糖人、饼干、巧克力、带有加拿大奥林匹克标志的水杯，还有住家女孩编织的、我非常喜欢的手工——彩虹织机和一堆五颜六色的皮筋，我顿时兴奋极了！

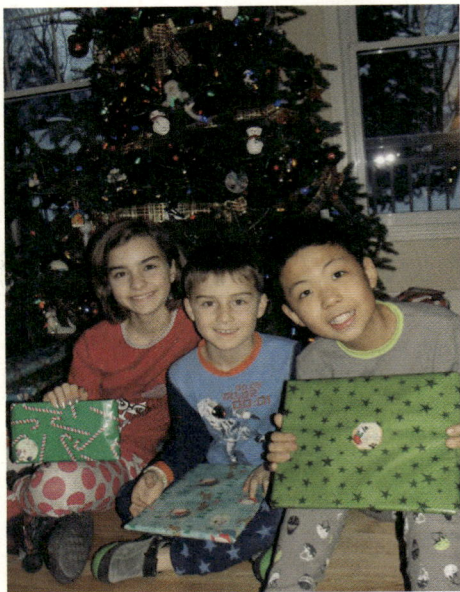

圣诞树下拆礼物

匆匆吃过早餐之后，我和Marijke还有Cael激动地坐到圣诞树前，迅速地找到了属于自己的礼物，美滋滋地打开一个个精美的礼物包，欢笑和惊喜声不绝于耳。我们得到了新年Lego图片日历、Lego玩具车、彩虹织机、带有加拿大标志的背包和外套、专门用于雪上行走的雪鞋，还有非常漂亮的滑板……我们三个都开心极了。

晚上，我们一家人来到爷爷奶奶家吃圣诞大餐，感受正宗传统的圣诞氛围，品尝了原汁原味的火鸡，那可是奶奶用了一整天时间做的美味Turkey。还特意用水果装饰起来，外酥里嫩，回味无穷。晚餐后，奶奶也送给我她亲手制作的礼物——一只可爱的绒绒猫。这只猫一身纯黑，黄亮的大眼好像真的一样闪着光。Marijke得到一只浅褐色、有趣的小猴子；Cael得到一只黑白相间、可爱的小老虎，我不禁感慨奶奶有一双灵巧的手。

这个圣诞节会让我终生难忘的，收获多多，幸福快乐。

（小留学生　张沛恒）

送马年春花融白雪，迎羊岁喜鹊闹红梅

　　明天是中国的传统节日——春节。一走进教室门口，浓浓的新年气息扑面而来，门口张贴的简易春联、"正福""倒福"充满了年味儿。尽管身处异国他乡，但师生们对于中国新年的渴望不减反增。18号一大早，孩子们像往常一样列队到图书馆借阅图书，只见大部队都离开多时了，两个小女孩还在教室门口扭扭捏捏不肯离开，一问才知道，原来现在是国内的除夕夜，俩娃娃想家了，想看春晚。是呀，春晚历来是跨年的见证，每年孩子们都和爸爸妈妈一起吃着团圆饭，欣赏着春晚。这次是孩子们第一次

当地学生用中文拜年

离开爸妈的陪伴独自过年，心里蓦然一紧。奔至图书馆跟法语老师说明情况后，她也赞成让孩子们观看春晚。孩子们听到可以回班看春晚之后，也不管图书馆不得大声喧哗的规定，一个个欢呼雀跃，百米冲刺般地飞奔回班，围坐在我的电脑旁。孩子们一会儿哭，一会儿笑，每每看到歌颂祖国与母亲的节目都潸然泪下。中华武术、杂技类节目深深地激发了孩子们的爱国情和强国志，小品作为孩子们的最爱一度引得哄堂大笑。孩子们时不时地盯着墙上的钟表，离跨年还有半个小时，一刻钟，十分钟，五分钟……随着时间一点点推移，我们完成了给附小的老师、同学以及爸爸妈妈拜年，还进行了倒计时的视频录制，"10，9，8……3，2，1，过年啦！！"孩子们激动地击掌、拥抱、呐喊，互道新年好，法语老师也被孩子们感染得欣喜万分，用不太流利的中文道着过年好。

次日是国内的春节，我们个个身着唐装，在法语老师的带领下，依次到同楼层的兄弟班级拜年。孩子们认真地演示拜年手势，耐心地教当地孩子用中文拜年。

小留学生写春联

　　这一天，校园里随处可见红色，红色圣诞帽、红袜子、红头花、红丝巾等等，当地师生用自己独特的方式来表达对我们新年的祝福。美术教室里，我们手拿毛笔，用黑色颜料代替墨汁，一笔一画地写着春联和福字，传统的节日氛围异常浓郁，引得当地学生驻足围观。写完春联，就该包饺子了。孩子们七手八脚，不管会与不会都来掺和一把。简单分工之后，我们的工作也有模有样地开展起来了，和面组、调馅组、擀皮组、包饺子组，各组配合得天衣无缝，很快饺子就下锅了。随着饺子的翻滚出锅，虎视眈眈的孩子们终于顾不得自己的形象了，个个狼吞虎咽，吃到了半年以来的第一顿饺子，也是最有意义的一次团圆饭。孩子们嘴里吃着，手里比划着点赞，给这次包饺子活动画上了圆满句号。

　　看完了大春晚，孩子们蠢蠢欲动，很快设计好了属于他们自己的小春晚。我们就地取材，变教室为舞台，在小主持人的开场白中，齐鲁小春晚正式拉开帷幕。小品、相声、舞台剧、钢琴独奏、吉他弹唱等各类节目层出不穷，在远离家乡的温馨小镇自娱自乐俨然成为我们的特色。

（带队教师　李馨玮）

我与冬天有个约会

在蒙特利尔，冬天是雪的季节，是白茫茫的季节，也是孩子们欢笑的季节。这里下的雪太多了，连续飘上几个小时，地上的雪就能到达膝盖位置。既然有这么多的雪，冬季活动也是必不可少的。这周三，学校组织了所有同学一起去滑雪场滑轮胎。这是我从没有体验过的活动，我兴奋极了。

周三早上，我早早地来到了学校，走廊里已经坐满了学生，笑容在每个学生的脸上绽放着，大家小声地交流着自己对接下来这一天的期盼。过

到达山顶，等待滑雪

了一会儿，我们坐上了去小山坡滑雪的汽车。从车窗放眼望去，一片白茫茫。经过一个多小时的颠簸，终于到达了目的地。滑雪道像一条大蛇，弯弯曲曲从山顶一直通到山下。

我们四散飞奔，去寻找滑雪需要的轮胎，拿到轮胎后，兴奋地朝着山下的电梯跑去。这可不是普通的电梯，而是能带着我们上山顶滑雪的电梯。

享受滑雪过程

电梯的速度非常慢，在电梯上，我看到树枝上挂满了雪，毛茸茸的，可爱极了。电梯越升越高，终于到达了山顶。从山顶向下望，人变得小小的，像蚂蚁一样。大家拖着轮胎走到了滑雪道旁——滑雪道可真高啊，一眼望不到底。

在这条雪道上等待滑雪的人很多，排了很长的队。等了好一会儿，终于轮到我们了。随着"叮"的一声，阻拦我们下山的杆子被抬了起来，被连在一起的轮胎以迅雷不及掩耳的速度向山下冲去。"哗啦啦！"我们的轮胎在雪道上摩擦起了冰碴，向我们的脸扑来。伴随着同学们惊恐而又兴奋的尖叫声，我们从山顶一路滑到了山脚下。

轮胎慢慢地停了，害怕的同学们将捂住眼睛的手拿了下来。大家拖着轮胎，慢慢走到了旁边座位上，休息了几分钟之后，大家开始讨论："刚才轮胎下山的速度太快了，我还没有来得及抓稳就冲了下去。""刚才实在是太惊险啦！我差一点就从轮胎上滚落下去啦。""刚才好冷啊！轮胎一往下滑，冰和雪就一个劲儿地朝着我的脸扑来。"可以看出胆子比较小的同学对雪道已经产生了惧怕的心理，不敢再继续尝试了。

　　经过我和其他同学的劝导，他们终于同意再滑一次。大家再次拉着轮胎乘上了通往山顶的电梯。这一次，滑雪道依旧那么陡峭，下滑的时候，速度也一点没有变慢。但是在下滑的过程中，我回头看的时候，那个最害怕的同学竟然将手从眼睛上挪开了，她紧闭的嘴巴已经笑开了花，苍白的脸颊也变得红润起来。当我们再次到达山脚下的时候，刚才的抱怨变成了赞叹与自豪："我简直不能相信，我竟然不害怕了！""滑雪太有趣了！""冰雪顺着脸颊划过，凉凉的好舒服啊！"

　　时间悄然无息地从滑雪的快乐中慢慢溜走了，太阳已经将自己身体的一半躲进了远处的山中。我乘着电梯又上山了。再次低头望去，我惊呆了——落山的太阳将白净的雪映照成了金黄色。这美好的一天马上就要结束了。我和朋友们最后一次从山上滑到了山脚下。尽管我们已经滑过不知道多少次，但是快乐一点也没有减少。

　　我爱这洁白的雪，我爱加拿大的冬天。

（小留学生　刘洛伊）

铁人两项赛

    6月12日上午，Joseph Henrico小学在Baie-D' Urfé市举行了全校第二届Duathlon铁人两项比赛。

    参与比赛的共有全校14个班级，约250人。本次比赛分为8个小组：学前班女子组、学前班男子组、低年级女子组、低年级男子组、中年级女子组、中年级男子组、高年级女子组和高年级男子组。

    比赛当天，Baie-D' Urfé室外最高气温仅有19 ℃，还下着毛毛细雨，被淋湿的赛道给比赛增加了难度。参赛的小运动员们仅穿着T恤和短裤，在

哨声响起，小运动员们纷纷跃出起跑线

雨中一鼓作气地连续完成了一千米跑步、三千米骑行和另一千米跑步的赛程，在赛道上比拼着他们的力量和速度，展示着他们的铁人精神。为了确保比赛的顺利进行，Baie-D' Urfé市的警察、消防队员纷纷出动，为运动员们保驾护航。沿途还有四十多名家长义工，帮运动员们指路、处理临时故障，同时为他们加油打气。

9名中国小留学生与高年级组共同参与竞赛，不仅每个人都坚持跑完了全程，而且名次与第一届比赛相比有了明显提高。其中，王江名获得高年级女子组第五名的好成绩，张沛恒领先大部分高年级组男生，获得第六名。满渔樵的自行车在比赛时临时出现故障，但他依然咬紧牙关，坚持完成了比赛全程。两年的留学生活不仅让同学们的体格得到极大的锻炼，意志也得到充分磨练，运动已经成为一种习惯和一种生活态度。

"铁人两项"在不少人的印象中是高难度的专业运动员的比赛项目。体育老师Josee和主持人Myrianne老师说，开展这项比赛，锻炼孩子的意志力远远大于竞技本身。其实，本次铁人两项比赛不仅提倡锻炼身体，磨练

加油！坚持住！

小留学生赛后合影

意志，还倡导着一种走近户外、强身健体的健康生活方式，在学生中间掀起了一股骑车上下学的热潮。

　　加拿大小学对学生体育运动的重视程度非同一般，体育锻炼不仅让孩子身体好、意志强，还有助于提高孩子的学习效率，养成一种竞技意识和团队合作精神。少年强则国强，在推广体育运动方面，加拿大小学这一做法的确值得我们学习和借鉴。

（带队教师　李贞瑞）

甜蜜的邂逅，在春寒料峭的季节

在加拿大的蒙特利尔学习生活将近两年了，两年的时光让我更加了解并热爱这座城市。我曾经和蝴蝶共舞，曾经亲手制作美味的加拿大糕点，曾经满怀激情地欣赏美轮美奂的极光，曾经……所有的一切都是我留学生活的美好回忆，当然，最让我难以忘怀的是每年春天必有的"枫糖小屋"之旅。

加拿大枫林遍布，每到深秋时节，漫山遍野的枫叶红如晚霞，热烈的颜色总是让人的心情瞬间明媚起来，加拿大也因此被人们称为"枫叶之

亲手制作饼干

国"。提到加拿大，总要提到枫叶，大到国旗，小至生活用品，到处都有枫叶的身影。加拿大人对枫树的喜爱远远超出我们的想象，除了观赏，让人爱得疯狂的还有甜蜜的枫糖。因此，秋天赏枫，春天过

品尝雪上枫糖

枫糖节就成了加拿大独有的风情。

枫糖节是加拿大的传统节日，每年三月，处处春意盎然的时候，生产枫糖的农场都会被装饰一新，大家一起品尝大自然送给人们的甜美礼品。作为爱吃甜食的小姑娘，这个节日简直就是我的狂欢节。在枫糖节期间，学校和住家都会组织我们去"枫糖小屋"品尝枫糖。我们和当地人一起聚在古色古香的作坊里，制糖人会把枫汁熬制成可食用的枫糖，再用特制的勺子将烧得滚烫的糖浆捞起，浇在白雪上，冷热融合，即刻凝结成膏状，人们拿起小棒，将枫糖卷在上面，就可以边吃边交谈了。这种枫糖是我的最爱，我总是赖在盛着白雪的铁皮盒子旁边，一个接一个地品尝着这份独特的甜蜜。像我这样的小孩子还有很多，大家嘻嘻哈哈地互相调侃："你吃几个啦？再吃小心长胖！"可就是没人愿意离开，真是无比快乐的时光啊！

关于枫糖的来历和传说有很多。我记得最清楚的是这样一个故事：

在很久很久以前，有一个北美印第安部落的酋长，他每天都要出去打猎，归来时，走进家门前，他都要习惯性地把手中的石斧顺手劈插在旁边大树的树干上。有一次，他插斧头的那棵树的树干流出了汁液，正好流进了放在树下的一个水桶里，他的妻子想要做晚饭时，发现水桶里有小半桶"水"，就用这些"水"做饭了，结果，可想而知，当天的晚饭特别美

味，还带着他们从未品尝过的甜味。

就这样，枫糖被古老的印第安人发现了。他们开始在枫树的树干上钻孔收集汁液，之后，在每一个滴管下面接上铁皮桶，最后就是漫长的等待。汁液的滴落速度取决于天气条件，气温变化越无常，它的滴落速度就越快。只有经历漫长的等待，耐得住无常的变化，才能得到这份独一无二的甜蜜味道。

这个过程和我两年的留学之旅惊人的相似。记得刚到加拿大时，生活、学习环境的巨大变化让我应接不暇，对家人与朋友的思念曾让我彻夜难眠。但是两年的坚持，也让我收获了很多，我学会了自己安排自己的学习和生活，我开始享受离开爸爸妈妈的怀抱独自飞翔，我尝试着从我的安逸"小窝"里伸出颤巍巍的触角去感知更加广阔的世界，我得到了属于我的"甜蜜枫糖"。

（小留学生　李梓菡）

难忘的营地体验

　　11月17日，第三届赴加拿大蒙特利尔的留学生们所在的Murielle-Dumont小学组织孩子们去Val-Morin的学生营地开展了一次难忘的营地教育。

　　早上八点，孩子们在规定地点Super C集合，乘坐了去往营地的校车，经过一个半小时的行程，我们抵达了Val-Morin。两位营地老师早已准备好迎接大家。初冬季节，风凉飕飕的，湖边一排供人休憩的木椅周围落满了霜，结成了冰。孩子们争先恐后地跑到上面，几步助跑滑起了冰，跌倒了接着爬起来，乐此不疲。

篝火取暖

接下来，在两位营地老师的带领下，孩子们来到林间，开始了各种营地体验活动。藏飞盘、捉迷藏、篝火取暖、贴膏药、射箭……游戏大都需要团队协作完成，非常考验孩子们的智慧和团队意识。例如，在藏飞盘游戏中，需要有人巧妙地引开对手，其他队员则趁机潜入敌方阵营寻找被藏好的飞盘，如果在敌营被捉则须守在原地直至队友前来营救。再如，在捉迷藏游戏中，共分为两个环节，在学生找老师环节中，如果有学生发现了老师，须要在十秒内召集其他队员来到现场，哪个队抵达人数多则可取胜。整个游戏过程紧张激烈，孩子们充分发挥自己的聪明才智，团结、合作、友谊精神展现得淋漓尽致。

最令人印象深刻的当属饥饿游戏了。营地老师带孩子们来到林间一片空地上，周围散布着许多比较细的木头。游戏规则是分为三队，各自在规定时间内利用所能找到的材料搭建一所小木屋。刚听完介绍时，有几个孩子小声嘀咕："好无聊啊！"没想到，游戏开始后，所有人都完全投入到

合作搭建小木屋

这次荒野求生中去了。孩子们首先选定高大坚固的树干作为房子的顶梁柱，然后两人合作抬木头。考虑到房子的美观，大家对木头也是精挑细选，尽量做到长短粗细差不多。把木头紧密地固定好之后，房子的雏形就出现了。接下来大家捡来了树叶和彩带进行装饰，又搬来小木桩做凳子。紧凑的五十分钟过后，三所各具特色的小木屋诞生了，有的坚固耐用，有的装饰漂亮，还有的家具齐全。在整个过程中孩子们做到了全员参与，团结协作，令两位营地老师赞不绝口。

本次营地活动中，通过与大自然的接触，孩子们学习了安营扎寨等生存技能，增加了对社会和团队的认识，提高了人际交往和解决问题的能力，展示了自信心和领导才能，锻炼了独立性。林间很冷，但孩子们都玩得热火朝天。

营地教育在加拿大颇受欢迎，几位老生在去年便参加过加拿大的童子军。所谓"营地教育"，美国营地协会给出的定义是"一种在户外以团队生活为形式，并能够达到创造性、娱乐性和教育意义的持续体验。通过领导力培训以及自然环境的熏陶，帮助每一位营员达到生理、心理、社交能力以及心灵方面的成长"。它是相对于学校教育和家庭教育而言的一种社会教育模式。目前世界各教育发达国家都高度重视营地教育。"一次特别的营地活动有可能会改变孩子的一生"，经过欧美国家150多年的发展实践证实，营地活动在帮助青少年建立自信心、培养独立品格和领导力、提高社交能力等方面影响显著。

相信孩子们通过参加营地活动，通过深刻的情感体验，在身体得到锻炼的同时，能够张扬个性，陶冶情操，不断提升自己！

（带队教师　张丽芳）

特殊的毕业典礼

　　时光飞逝，又是一个灿烂的夏季，又是一年毕业季。6月18日上午，加拿大蒙特利尔Joseph Henrico小学里却歌声飞扬，掌声不断，全校三百多名师生齐聚体育馆，为2015届毕业生举行了一场隆重的毕业典礼，我校首批赴蒙特利尔小留学生们圆满结束了两年的留学生活，迎来了一场特殊的毕业仪式。

　　蒙特利尔Baie-D' Urfé市长Maria Tutino女士、玛格丽特·布尔瓦教育局国际交流与合作部左亚琴女士、Joseph Henrico小学校长Longtin、学校六年级全体师生及家长、9名小留学生的寄宿家庭和部分中国家长都应邀参加，

毕业舞会

盛装出席了本次毕业典礼。

　　早上8点半，全体师生和寄宿家庭陆续到场，平日里空荡荡的体育馆今天换上了"沙滩派对"主题装扮：舞台上的椰树，台下的太阳伞和沙滩椅，墙壁上挂着五颜六色的浴巾让大家仿佛置身于夏日狂欢的海滩派对，感受着海风拂面的凉爽，听着浪花拍打沙滩的声音，全体来宾享用着丰盛的自助早餐。

　　9点，Longtin校长上台发表致辞，祝贺全体六年级学生顺利完成小学六年的学习任务，特别祝贺来自中国的9名小留学生顺利完成两年的留学生活。随后，蒙特利尔Baie-D' Urfé市长Maria Tutino女士上台讲话，祝贺毕业生即将从一个新的起点开始人生又一段新的征程，鼓励学生再接再厉、坚持不懈，期待他们中间出现未来的政治家、科学家、军事家和经济学家等。接下来，激动人心的时刻来临了，每一位毕业生在家长和同学的见证下，从校长和老师的手中接过了那张属于自己的小学毕业证书，由此开启了他们新的人生旅程。

毕业典礼"全家福"

首届小留学生圆满毕业

颁奖仪式过后，体育馆内响起了动听又熟悉的旋律，全体毕业生在音乐老师 Caroline、中国留学生张沛恒和杨昊臻的吉他伴奏声中上台用竖笛和打击乐器演奏了一首《Stairway to heaven》，意思是"通往天堂的梯子"，动人的旋律将典礼推向了高潮，赢得台下阵阵掌声。典礼结束后，家长与孩子们纷纷合影留念，相信这一刻的依依不舍和温馨感人必将成为大家记忆中最珍贵的留念。

两年的留学时光，小留学生们不仅熟练掌握了英语和法语，还培养了独立生活、主动学习的良好品质，收获了快乐、健康与自信，他们徜徉在知识的海洋，感受着魁北克独特又多元的文化。留学生活，有成功的快乐，也有失败的泪水，它们有一个共同的名字，叫做成长。这些终究会成为同学们人生中最为宝贵的财富。

（带队教师　李贞瑞）

一个粘贴的故事

一夜醒来，忽见"千树万树梨花开"。原来，昨晚又是一场纷纷扬扬的大雪。白茫茫一片，给人无限遐想。我早早地来到了学校，整个校园在大雪的映衬下愈发显得静谧，我安静地坐在教室里等待着孩子们。

Marie先到了教室，她是我班的法语老师，金发碧眼，特别的养眼。但她今天的穿着和往常不太一样，一身深色系，耳朵上还带了一对黑色blingbling的耳钉。胸前贴了一个倒"V"型小粘贴，手里还拿着几张书签，我不经意地看了一眼：一朵鲜红的玫瑰在黑色的大幕里悄然绽放。黑与红的色调让我想到了《红与黑》，蓦然间，一丝悲伤涌上心头。

正当我想上前询问时，孩子们一一走进了教室，他们也发现了这些小物件，唧唧喳喳地吵闹着。只见Marie脸一沉，开始在黑板上圈圈画画起来。"1988，Dec,8，一个方框，旁边写着university，男孩，女孩"，正当我想把这些元素串联起来的时候，"一名持枪男子"出现了，紧接着，Marie在女孩身上打了"X"，很明显，这名男子将子弹准确无误地射向了女生。看到这里，我大概明白了故事情节，脑海中闪现出一幅幅画面，"女孩们听见枪响四处奔跑，

黑色的纪念

致哀

凶手咯咯的笑声响彻校园，狰狞的面容让人感到心寒"。正当我沉浸其中时，Marie在黑板上写了violence这个单词并进行了解说："这次事件有很多女生失去了生命，我们都感到特别悲痛，所以每年临近这一天时我们都会纪念，希望大家能相互尊重、和平共处，谨记反对暴力、维护和平。"瞬间，"violence"的"v"也变成了"︿"。孩子们静静地听完了这个悲伤的故事。后来Marie给每个孩子发了粘贴和书签，孩子们默默地将其戴到心脏的位置，因为老师想让他们铭记这一惨案，时刻提醒自己不要使用武力。整理好粘贴后，孩子们低垂着头，在心里进行哀悼。

看到此情此景，我突然想到"马加爵杀人案""汶川地震"等一系列曾在国内引起轩然大波的事件，我们学校也对其进行过宣传、教育。"我们和同学要友好相处""不要用暴力解决问题""我们要向灾区的人们献爱心""他们失去了自己的家园，非常痛苦"。在当时，诸如此类的话，我的老师和我都曾无数次地教育孩子们。但现在，这些事件已经渐渐淡出了我们的视线，我们好像只有等事情发生时，才会着重强调事件的性质及处理方式。但那时候已经为时已晚了，因为事情已经发生了。如果我们能在平时注重细节，注重反思，注重心理疏导，注重安全教育，也许"马加爵杀人案"就不会出现，也许在雅安地震中会有无数"毫发未伤"的桑枣中学。

（带队教师　杨雪）

规则意识，从小入手

　　加拿大人认为，一所学校应该是让孩子在安全的学习和教学环境中，培养"责任""尊重""文明礼貌"和"优秀学术成绩"的地方。因此，制定符合自己学校实际情况的校规十分重要。

　　来到蒙特利尔一个多月了，小留学生们普遍反映：这所学校的校规真多。比如：早上来到学校不能直接进教室，要在操场上自由活动，等到上课铃响了，站好队，等待老师领进教室；进入走廊要保持绝对安静，在教室门口把外套放进自己的橱柜里，换下户外运动鞋，穿上室内鞋再进教室；下课铃响后，要先去外面换好衣服和户外鞋，再进教室站好队，在老

安静的图书馆

师的带领下去校园自由活动；课间无故不得留在教室里；课间要自己找时间上厕所、喝水，上课铃声一响，进入教室后就不得再申请上厕所和喝水；午餐后是自由活动时间，没有餐厅老师的允许，不得私自回教室，只能在操场上活动；下午放学后，看护班的学生不得私自回教室……

这些规则看起来简单，可是真正做起来却不容易，刚开始总是有同学不小心违反各种规则。

为了帮助同学们适应新校规，老师们每天都会腾出专门的时间和学生一起学习校规，提醒学生这是他们在校时应该遵守的规则。而且老师们坚持言传身教，要求学生做到的，自己首先应该做到，用行动引导学生遵守规则，潜移默化。老师还会向学生解释在具体的场合，从细节做起的提示和要求。比如在尊重别人方面，告诉学生在教室不能随意打断别人说话；在爱护公共卫生方面，要求学生在食堂吃饭后要自己打扫干净，在操场活动后要保持干净整洁等等。

通过老师的言传身教，小留学生们逐渐适应了新校规，规则意识深植于心。

（带队教师　李贞瑞）

整齐划一的学生储物柜

"小题大做"的加拿大教育

Murielle-Dumont小学的黑蒙校长，是最受学生欢迎的校长。来蒙特利尔之前，我们就听说黑蒙校长事事亲力亲为。在学校待过一段时间后，发现黑蒙校长果真"无处不在"。他记得每一个学生的名字，知道每一个学生的情况，他是全校学生最亲密的"大朋友"。

被校长点赞的法语作业

一直不明白为什么黑蒙校长能够知道每个学生的最新信息，了解每个学生的进步，近期发生的一件"小事"让我恍然大悟。小留学生们的法语学习渐入佳境，每当学生听写单词、法语老师批改完后，她总会拿着孩子们的作业，向我展示这次他们听写对了几个、有了多少进步。我也会拍一些照片，跟家长分享。有一次，我正在准备中午的数学课，听到老师和同学们一起喊"Bravo"！我很好奇发生了什么。走近一看，是昨天的作业中，刘翼如写的法语句子非常棒，有些单词甚至是老师没有教过的，看得出他下了大功夫。我也很高兴，和同学们一起向他竖起了大拇指。我以为，法语老师会接着进行下面的教学，没想到她却问我能不能带着翼如去校长办公室一趟，我和翼如很疑惑地带着作业去了黑蒙校长的办

采访学校老师

公室。把作业展示给黑蒙校长后，他也很高兴，开始翻箱倒柜地要给翼如奖励，最后拿出了老师们常用的小粘贴，郑重其事地贴在了翼如的作业本上，还写了几句表扬翼如的话语。原来一整张的小粘贴已经没剩几个了，看得出黑蒙校长应该是经常做这样的事情。翼如很兴奋，眼里闪着泪光，脸上洋溢着自豪的笑容。孩子一次小小的作业进步，都会"惊动"校长，这种"小题大做"换来的是孩子们更加刻苦的努力和逐渐增长的自信。

类似的事情不止一件：上完阅览课后，孩子们在走廊等待老师。这时，在走廊的另一个方向，走来了一队刚上完体育课的学生。两个队伍相遇时，有个小男孩用肩膀撞了我们班两个孩子，不知是不小心还是故意，一撞之下，两个孩子稍微摇晃了一下，并无大碍。老师询问，孩子也大度地说没关系。老师追问，他跟你道歉了吗？得到的答案是没有，撞人的孩子已经走远，法语老师把班内的孩子交代给我后，就朝着那个孩子离去的方向追去，转过走廊就不见了人影。我和孩子们面面相觑，只好先回教

室。十几分钟后，法语老师回到教室，非常严肃地跟孩子们说，那个撞人的孩子必须道歉，他撞了你，你也应该得到他的道歉，并告诉我们那个孩子会在下节课来我们教室公开道歉。果真，下一节课的上课铃刚刚响起，撞人的小男孩在他的班主任的陪同下来到了我们教室，给被他撞到的孩子道歉，请求原谅。

作为一个班主任，我遇到类似的情况，只会表扬我们的孩子心胸宽广，能够原谅别人的错误，大概是不会追出去老远，只为一个"道歉"的。因为这个"道歉"事件，我相信，不管是我们的孩子，还是那个撞人的小孩，在遇到类似的情况时，会更明白应该怎样去做。

加拿大的小学里，没有校会、班会，没有思想品德课，从校长到老师，他们对学生的规则意识、文明礼仪、独立自信、公民意识的培养，就蕴藏在这一件件的小事中。就像"杠杆撬动地球"一样，这一件件小事托起的是孩子们更加美好的未来。

（带队教师　庞楠楠）

我和我的"洋娃娃"

最后一次检查包里的U盘、糖果和小印章，今天有些紧张，因为今天是我在Murielle-Dumont小学第一次上中文课，有点迫不及待，想快点见到我的外国小同学，又有点担心他们是不是喜欢我，我讲的他们能不能听懂。一切都是未知数，恍惚之间我已经到了学校。出来迎接我的是我们的老朋友黑蒙校长，他把学生名单给我，拍拍我的肩膀用中文说："加油，Wendy！"我被黑蒙校长的样子逗笑了，心里也放松了下来。

国画课

还没走到教室，Lavanya就大声地跟我打招呼："Madame Wendy！"其他的孩子也看到了我，相比于我的紧张和些微的羞涩，孩子们反而显得落落大方，过来抱住了我，喊着我的名字。因为上个周已经见过他们，甚至有的孩子用中文"你好吗？"向我问候，让我十分惊喜。我和"洋娃娃"们的故事就这样开始了。

一、我的小翻译

我的班里有16名学生，基本都是低年级孩子，而且还有3个华裔小学

生，让我感到很幸运。因为这是一所法语小学，要求老师用法语授课，虽然我也在这里进行了几个月的法语学习，但是要达到跟当地孩子熟练沟通还是有些困难。这几名华裔小学生刚好弥补了我的不足，他们不仅帮助我在课堂上翻译一些我不知如何解释的词语句子，甚至还把一些加拿大老师的课堂文化教给了我，让我受益匪浅。

二、多种族大家庭

虽然我们班里只有16个孩子，但是包括了非常多的国家和种族。虽然我们有着不同的肤色，但是每个孩子都是快乐的。在这里每个孩子都是平等的，他们是因为热爱中文聚在一起，我也很愿意把中国介绍给不同国家的孩子们。看着他们认真跟读中文的样子，一种荣誉感和使命感油然而生。

三、"水土不服"的中文老师

中文课还没有上到一半，我出现了严重的"水土不服"。中国的课堂是严肃认真的，我们希望孩子们在课堂上坐端正、认真听，老师的威严让学生有一种距离感。在这里，孩子们按照自己的个性坐在椅子上，遇到感兴趣的问题会不停地跟我提问，课堂非常的自由。虽然之前我在中学旁听过几节课，有一些心理准备，但是真正让我来讲课的时候，我还真有些招架不住。按照以往的风格，我可能会很生气，让课堂安静下来，但是我没有这么做。我认真倾听他们的问题，尊重他们所有的决定，课堂反而又有条不紊地进行了下去。我很意外，也非常惊喜，正是因为我们的互相尊重，课堂气氛非常活跃，每个孩子都想尝试用新学的中文来对话，展示自己，不知不觉一节课就结束了。下课的铃声响了起来，我也松了一口气，虽然第一节课有些手忙脚乱，但是我却很开心，感觉又回到了当老师的角色里，这让我明白了老师的灵魂是学生。

一节课下来，让我认识了每个孩子独特的一面。有着美丽发色的Alicia是个聪明伶俐的小姑娘，学习很用心，发音也很准确。热情的Lavanya非常

可爱的Anne-Simone

乐意帮助我去翻译给周围的同学听，甚至让我给她取一个中文名字，她说她想取一个关于"heart"的名字，"心心"这个名字真的适合这个热心又有爱心、耐心的印度小姑娘。Anne-Simone是班里最小的孩子，她喜欢让我给她打开食物的包装纸，她喜欢跟我一起拍照，喜欢抱着我，真是一个可爱的"洋娃娃"。Benjamin是班里最酷的男孩，虽然中文发音不是特别准确，但是却特别努力，一个音会发十几遍，有种不发对不罢休的倔强……

每个孩子都散发着独特的光芒，作为老师我们只要让他们尽情发光就可以了。第一天的中文课新鲜而忙碌，有不足也有收获。非常庆幸这份工作让我遇到了这群热爱中文的孩子，也非常感谢这群孩子让我学习了不一样的教育方式。很高兴认识你们，以后的日子还请多多指教，我的"洋娃娃"们。

（带队教师　韩笑）

德育教育，润物细无声

在蒙特利尔Joseph Henrico小学工作已经一年半多，回想在这里的所见所闻，给我留下印象最深的是加拿大小学的德育教育。

在加拿大的每个日日夜夜，无时无刻不感觉到加拿大社会的高度文明、社会秩序的井然、公民良好的道德修养和优美的生活环境。加拿大是用一种什么样的教育让我们所看到的加拿大人如此真诚、善良、乐观、乐于助人呢？随着在Joseph Henrico小学工作时间越来越长，与当地老师和家长接触越来越多，这个问题的答案越来越清晰地呈现在我的面前。加拿大的德育教育溶解在家庭、社会和学校教育之中，是一种从微观到宏观、从校外到校内的"润物细无声"的自然教育。

在学校里，每个教室黑板上方的墙壁上都会贴着几个班级主题词，例如：我们班这一学期的主题词是"respect"（尊重），"travail"（勤奋学习）和"perseverance"（持之以恒）。因此，这一学期班内的每位学生都要做到这几点。这几个词看起来容易，却体现在平时的学校生活中，体现在学生的一言一行甚至一个眼神中。老师们也会在日常生活中对学生的言行举止予以提醒。例如，当老师和你说话时，你要看着老师的眼睛，认真倾听；未经老师允许不得在课堂上随意说话；去洗手间或者喝水也要经过老师的允许等，这些都是"尊重"的范畴。

Joseph Henrico小学二月份的第一周是教师周，学校则利用这一周对学生进行感恩教育。校长会在广播里向全体教师的辛勤工作表示感谢，并为每位教师颁发感谢信和证书，有时候还会送一盒巧克力。学校家委会将在教师周内选一天中午准备丰盛的午宴，这一天老师们不需要准备午餐，只需端起盘子挑选自己喜欢的食物。耳濡目染，在校长和家长们的积极影响下，学生们也纷纷开动脑筋，用自己的方式表达对老师们的感谢。有的制作卡片，有的编手链，有的用自己平日攒下的零花钱去商店为老师精心挑选小礼物，有的在家里亲手做饼干或者纸杯蛋糕送给老师。一周下来，每个孩子的心灵都受到一次感恩教育的洗礼。

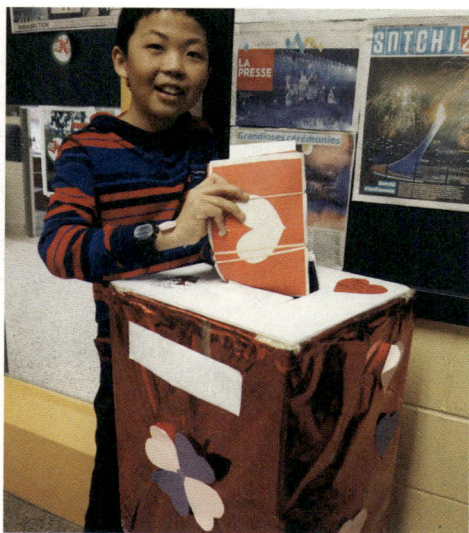

亲手制作的情人节卡片

2月14日是国际情人节，在加拿大，情人节不是只有情人才能过的节日。情人节这一周，在Joseph Henrico小学，学校走廊上、教室里到处都是粉色、红色的心形装饰，目的是让学生们感受到浓厚的情人节气氛，借此机会表达对别人的爱意。学生们会在情人节当天写一些卡片，送给自己的同学、老师、朋友或家人，这样做只是为了表达一种爱意，这种爱意比爱情更加广泛，包括同学之间的友爱，朋友之间的友谊，师生之间的关爱，对父母的爱等。利用情人节进行爱的教育，这在国内恐怕是难以想象的。

玛格丽特·布尔瓦教育局把二月份的第三周定为"Semaine de Perseverance"（持之以恒周）。为了推广这一主题周活动，教育局局长、主席和主任们亲自参与，在某中学录制了一段视频，通过拍摄学生们在教室和体育馆的一系列活动，向大家解释持之以恒的含义，并鼓励同学们继续努力，坚持下去。Joseph Henrico小学每个班都集体观看了这一视频，在校长和老师的带领下，同学们将继续努力，再接再厉，在勤奋学习中体会

情人节当天，师生都穿红色

持之以恒的内涵。另外，每月一次与校长共进早餐的学生选拔标准中，除了学习成绩出色、课堂参与积极等，也有"perseverance"（持之以恒）这一项。

俗话说，父母是孩子的第一任老师，这一点在加拿大是很明显的。加拿大的父母们认为，对孩子的品德培养是个长期的、潜移默化的过程。因此，父母平时的行为举止对孩子的影响是非常重要的。他们总是鼓励和支持孩子多去帮助别人，多参加社会公益活动，鼓励他们参加学校或慈善机构组织的活动。通过这些活动，可以培养孩子同情弱者、帮助别人、尊重他人、与人为善的意识和美德。

加拿大学校没有专门的德育课，但学校常常请名人或老兵来给学生介绍

和校长一起吃早餐的学生

他们的经历，每年都要组织学生参观博物馆、名人故居、历史遗迹等。加拿大学校的墙报上经常张贴有关非洲孩子喝不上水、上不了学的宣传画。学校也常组织学生参加为援助非洲国家孩子饮水、上学等项目捐款的活动，以培养学生对自己国家和民族的自豪感，以及对人类的博爱精神。学校还普遍鼓励孩子们饲养小动物，组织学生到敬老院陪老人聊天，为慈善组织募捐及参加其他公益或环保活动，培养孩子们的爱心和社会交往能力。

就像一位加拿大的老师所说："道德是被感染的，而不是被教导的。"加拿大小学的德育教育就是这样影响着一批又一批学生，小留学生们也在这样的家庭和学校环境中成长着，收获着。相信他们以后不管是回国还是继续留学，都能把这些优秀的道德内涵铭记在心，实践于行。

（带队教师　李贞瑞）

不一样的"双十一"

　　11月11日，因由4个1组成，在国内被称为"光棍节"。近年来，在电商狂轰滥炸的宣传攻势下，这一天已演变为一个全民疯狂的购物节。这天，正当亿万国民疯狂抢购之时，殊不知大洋彼岸的我们正经历着一个完全不一样的"双十一"。

　　在加拿大，每年的11月11日被称为"国殇日"，也被称为"阵亡将士纪念日"。始于1919年，是时任英国国王乔治五世所设立，目的是纪念第一次世界大战的终战日（1918年11月11日11时）。这本是一个英联邦的节日，但经过一战，加拿大的独立地位和国家形象得以展现，对加拿大的历史和现实影响深远，因此，加拿大人便把它视为了自己的节日。

　　这天中午11点，孩子们正在进行法语听写，教室里的电话突然响了，里面传来副校长Nancy的一段法语讲话，法语老师便让大家保持安静。一分钟过后，法语老师跟孩子们解释了刚才默哀的原因，是为了表达对在一战中不幸捐躯的战士们的怀念与哀悼，缅怀加国军人为国家所做出的贡献和牺牲。刚才还一头雾水的孩子们恍然大悟，回忆起近段时间在校园里看到的老师和同学们佩戴罂粟花，原来也跟这个有关。

　　追溯历史，1915年春天，加拿大热血青年赴欧参战，在比利时与法国交界的弗兰德斯地区发生了残酷激烈的第二次伊普尔战役，6000余名将士光荣牺牲。这场战役过后，加拿大军医约翰·麦克瑞负责掩埋阵亡将士的遗体，他亲眼目睹了战场的惨状，目睹了红透半边天的罂粟花，抑制不住悲伤和激动，在一张碎纸片上写下了脍炙人口的13行诗——《在弗兰德斯

佩戴罂粟，缅怀先烈

战场》。这首诗道出了千千万万战士的心声，凡是听到它的人，无不被它深深打动。而今将近一个世纪过去了，加拿大人没有忘记麦克瑞的诗作和诗中的罂粟花，没有忘记历史。这首诗成为了加拿大中小学生的必背作品，也是国殇日这天民众集体吟诵的诗篇。而血红色的罂粟花更是成为国殇日的一个象征。11月1日到11日期间，我们看到陆续有人在衣服的左襟或者背包上别上一朵红瓣黑蕊的罂粟花。许多公众场合都会摆出罂粟花和一个类似储钱罐的小盒子，需要买花的人自愿往盒子里放一两加元硬币，自己取一朵戴起来就可以了。在繁华街道的十字路口、大型商场的通道，许多身穿制服的军校小兵脖子上挂一个盒子，义务卖花。募捐来的钱要交给退伍军人协会，用于抚恤伤残老兵、阵亡将士家属和修护战争纪念馆。

当然，讲完历史故事，我也不忘告诉孩子们每年的9月30日是中国的烈士纪念日，始于2014年，我们应当向加拿大民众学习，铭记历史，缅怀先烈，珍惜当下的美好生活。今天，孩子们在异国他乡接受了一次爱国主义教育，我想，小小的民族荣誉感和使命感已渐渐在孩子们心中生根发芽。

（带队教师　张丽芳）

我眼中的加拿大小学教育

众所周知，加拿大拥有世界上最完善的教育体系，拥有世界上一流的大学、中学和小学教育，学习环境世界一流。作为一名教育工作者，一直对加拿大的教育体制充满了向往。在加拿大工作的这两年，让我对加拿大的小学教育有了深入的了解，更加理解加拿大教育为何能够领先世界。

一、政府对教育的重视

加拿大高品质的中小学教育水平来自政府对教育的高度投入和严格监管。加拿大在全国推行十二年免费义务教育，公民或永久居民及其子女从小学到中学全部免费。政府对高等教育也有扶持，对家庭经济状况不佳的大学生，政府有无息贷款资助。目前，加拿大高等教育普及率已达到45%，居世界前列。

二、丰富的教材体系

加拿大没有统一的中小学课本，每个省单独制定本省的教学大纲和课程科目。以魁北克为例，省教育部门为全省制定了统一的教学大纲，老师们根据教学大纲自主安排教课的具体内容，教学大纲可以从教育部的相关网址

学习打击乐器

上查询到。每年在校老师都要接受教学方法的强化训练，主要通过参加暑期培训、教师进修日的培训以及平时的晚间培训来提高自身的综合教学能力。教育局还有经过特殊培训的教师来辅导特殊学生。小学的课程一般包括法语、数学、自然科学、社会科学、英语、美术、体育、音乐等。除了英语、音乐、美术和体育以外，所有的课程都由班主任负责教授。

三、小班化管理模式

加拿大的小学，每个班级人数不能超过30人，学校有不同年级的混合编班，目的是控制班级人数。混合班级的同学虽然年级和课程不同，但老师会根据每个孩子的情况因材施教，所以每个孩子的教学要求和进度也会不同。小学一年级到三年级，一般没有家庭作业和测验，主要是让学生多参加课外活动。小学四年级到六年级，老师会安排一些家庭作业和测验，许多功课是以课题设计方式进行的，学生要自己到图书馆或者上网查找参考资料和相关信息，整理这些资料并在班内参加讨论，这些课题不会有标准的答案，主要是鼓励学生勇于思考。有的还会安排学生轮流向全班发表研究报告内容，以此培养学生的组织与表达能力。

四、个性化教室布置

很喜欢加拿大小学的教室布置，每个教室都可谓琳琅满目。每个老师都很用心地布置自己的教室，有些老师甚至把自己的家当搬到教室里。例如我的住家妈妈，她们教室里的一半玩具、书本、教具和装饰都是她自己买的，每年花一千加币（合人民币六千左右）的费用收集和购买教学资源，学校不报销。当然，这都是她自愿的。孩子们可以坐在地毯上听课、看书或玩游戏，做功课、手工或吃点心的时候才坐在桌子旁。小学老师没有办公室，教室的一角就是老师们办公的地方。很多教室里都有一面艺术墙，贴的都是孩子们的作品。除了学校图书馆有大量的图书外，每个班级也有大量的图书和可爱的图书柜。每个学生都有自己的柜子，用来挂外套，放鞋子、午餐盒、书包甚至玩具等等。

学习杯叠杯

五、轻松的课堂教学

加拿大从小学到高中都实行宽松教学，课堂进度也比较灵活。他们没有规定在一节课内必须要完成多少教学内容，而是根据学生的学习能力和接受能力以及当堂课学生的学习状态进行教学，尽量让学生在轻松愉快的氛围中掌握知识，应用知识。有的老师一节课只让学生玩一个游戏，让学生在游戏中愉快而轻松地学到知识，而且记忆深刻。

上课时学生可以趴着听讲，可以小声讲话，如有需要可以随意在教室走动，前提是不影响老师讲课。每天上午和下午学生都有吃加餐的时间，加餐通常是水果、饼干、杏仁、奶酪棒等小零食。

六、重视艺体教育

加拿大的艺术教育是通过学习、欣赏与表演来实现的，比如美术课，老师出题目，孩子们自行创作，作品可以多种多样，可以是图画，也可以是手工作品。在一些特别的节日，比如母亲节和父亲节，老师会带孩子们

体育课

做一些与节日相关的工艺品，作为礼物送给妈妈和爸爸。学校每年都会举行几场孩子们的专属音乐会，全校学生人人都要参加，人人都是演员，人人都是观众，老师会和学生同台表演，家长们也可以参加。学校也会定期组织学生欣赏专门为儿童演出的教学性音乐会。

加拿大许多小学都有一个多功能的体育运动大厅，孩子们一周两次的体育课就在这里进行，课程内容就是玩游戏和比赛。小学体育课的目的主要不在于学习体育技巧，而是注重发展孩子自身的协调能力，培养他们与同伴配合的团队精神和竞争意识。

受不同教育思想和文化传统的影响，教育的不同亦在意料之中。在加拿大，教育是让孩子全面发展。作为世界上整体教育水平一流的国度，加拿大的教育制度有着其独特的文化特色，值得我们借鉴、学习。

（带队教师　李贞瑞）

加拿大小学的人性化教育

加拿大小学倡导人性化教育。

学校教育的人性化体现在方方面面，丰富多彩的主题周活动便是一个很好的体现。教师周里，学生们会买来各式各样的小粘贴作为礼物送给老师。因为跟国内很多老师一样，当地的老师们也喜欢用小粘贴奖励表现出色的学生。因此，赠送小粘贴既节俭又实用。学校也会有小礼物送给老师，今年的礼物是一个精美的手提袋，上面写着：谢谢您，××老师。周五早上，学校还请老师们共同享用了美味的早餐。校长、副校长分别向老师们道谢，老师之间也纷纷表达谢意与祝贺。毅力周里，每个老师都会佩戴一枚用白绿两种颜色丝带做成的胸针，老师们希望用这种方式告诉学生学习要有毅力，要坚持不懈，要永不言弃，而且如果你需要任何帮助，老师随时都在这里。因此，当学生们看到老师衣服上鲜亮的胸针时，便会明白毅力的重要性，便会懂得老师的良苦用心，潜意识里增添了几分学习的斗志和韧劲。健康饮食周，老师带领孩子们一起制作健康美味的食品，既提高

教师周向老师赠送小粘贴

了孩子们的动手能力，又渗透了健康饮食的知识。此外还有秘书周、校长周、生活老师周……让孩子们学会感恩，让每位劳动者都能感受到自身价值并得到应有的尊重。

毕业典礼中的一幕充分体现了学校教育的人性化，令我印象深刻。颁发完毕业证书和奖章，开完午餐派对后，全校约600名师生全部聚集在操场上，排成一条长龙从教学楼一直到校门口，两两搭手形成一座人桥，伴着一张张真挚的笑脸和一声声"再见！""好运！"，毕业生们依次从桥底下穿过。出校门后他们会登上乘坐了6年的校车，老师们排成一队站在路边，校车鸣笛驶过，毕业生跟朝夕相处的老师们挥手告别。这一幕，简单、朴素，却充满了人情味，让人感到温暖。

学校对教师的管理也很人性化。当地教师一个学期除法定节假日以外，有6天带薪假期，此外如果因为生病或者其他个人事务不能到校也可以请假，只需要提前跟秘书说明，学校会联系专门的代课教师到学校代课。如果是突发状况，无法提前跟秘书说明，则可以拨打专门的代课机构电

搭建人桥，送别毕业生

饥饿游戏

话，他们会选派代课老师前来代课。只要不出现空堂的情况就可以。

加拿大教育强调尊重，关注个性。在这里，老师们认为孩子没有好坏之分，只有个性差异，尽力了就是最棒的。每一朵花都值得去灌溉，他们充分尊重每个孩子的个性，并且会给每个孩子机会去感觉自己被重视、被需要，感觉自己不比任何人差。

在圣诞节前的音乐会上，九位新生演奏尤克里里《欢乐颂》。中途转来的一位黑人男孩之前没有学习过，临上场前音乐老师发现了这个问题。我自然地以为老师应该不让他上场了吧，然而，我错了，不论弹得怎样，他都有权利站上去跟其他同学一起表演。在当地学生的竖笛演奏中，一位学生没有带竖笛，依然空手做着手势认真地表演，这在我们看来是典型的滥竽充数，但是所有在场师生没有人笑或者感到奇怪。学校活动鼓励人人参与，这里没有差学生，没有只当观众的学生，孩子们不会感觉自己不如别人。

在人性化教育的呵护下，孩子们快乐、自信地成长着。如今我国的教育也正沿着这条轨道在发展，相信不久的将来，更多优秀的教育思想将出自我们脚下这片热土，我们的孩子也会发自内心地爱上学校，爱上学习。

（带队教师 张丽芳）

规则意识深入人心

　　我对加拿大的第一印象之一便是死板。我们所在的Murielle-Dumont小学有托管部，学生放学后有一部分乘坐校车离校，其余学生则在托管部边活动边等待家长来接。家长接孩子的时候，学校会有一个专门负责通知学生的老师，这位老师用对讲机告诉该生的托管老师，学生方可离校。我跟其中一位留学生住同一个住家，因此每天下午放学我都会接她一起回家。尽管托管部老师都认识我，并且知道我每天都跟这个学生一起回家，但是如果没有对讲机里的传唤声，她们绝对不会让学生跟我走，必须恪守规矩办事。这一点曾令我十分不解。

　　在加拿大，比较小的路口或社区路口一般不设红绿灯，但必定竖着一块牌子，上面写着"ARRET"即"STOP"。遇到这种路口，所有机动车辆必须先把车刹住，停顿3～5秒钟，见无车辆及行人通过方可继续前行。无论是荒无人烟之处，还是夜深人静之时，均应如此。

　　孩子们在学校更是被种种规则约束着。比如，下雪天不能打雪仗；在学校走廊里不能跑步；课间不能停留在教学楼里；身体不适不能硬撑，而要立马通知家长接回去；冬天课间必须穿戴好帽子、围巾、手套；进教室必须更换室内鞋；不上学或要迟到了，家长要电话告知学校……一位幼儿园老师告诉我，新生入学头一个月重点不在学习，而是教给他们学校的各项规则。

交通标志

安静自习中

　　随着在加拿大生活的时间越来越长，我们对这些规则由开始的不适应、不理解，到渐渐接受，最后尊重并感慨万分。俗话说，没有规矩不成方圆。正是有了这些规则，加拿大马路上很少会出现抢道、鸣笛、车祸等事故，学校管理才会更加轻松、有序，社会秩序才会更加和谐。只有人人都遵守规则，才能获得最大限度的自由生活。让人痛心的北京动物园老虎吃人事件，更让我们意识到遵守规则的重要性，比老虎更可怕的，是一个人对规则的蔑视。同年7月24日，在美国亚利桑那州高速公路上，来自中国的一家四口自驾游突发车祸全部惨死，也是因为缺乏路权意识，没有遵守当地的交通规则。

　　加拿大人重视从小培养学生的规则意识，生活中处处体现着对规则的尊重，也彰显着规则带给人们和整个社会文明的巨大裨益。

（带队教师　张丽芳）

让花儿独立绽放

经过近十个月的留学生活，在小留学生们身上发生了许多可喜的变化。其中，孩子们的独立意识和自理能力较出国前提高了很多。当然，这与住家和学校的教育理念是息息相关的。

从家庭教育来看，在加拿大，许多父母设法给孩子们创造自我锻炼的机会。在他们看来，分担家庭责任是非常必要的，在家里人人平等，孩子们可以直呼父母的名字，当然，他们也必须通过劳动来获得平等的地位和尊重。比如，加拿大人住的房子通常有前后花园，人们喜欢在花园里种各

家长会义卖

拽尾巴

种植物，而且需要经常修剪。由于加拿大的人工费很昂贵，因此这些活都是家里人自己做的。家长一般都会要求孩子们一起参与，春天种花，夏天割草，秋天扫树叶，冬天铲雪。我在住家生活的这段日子便深有体会，任何劳动都是大家集体出动、共同分担。

另外，大多数父母会让孩子从小学习自己的事情自己做。学走路时，跌倒了要自己爬起来，一般2～4岁就要学习刷牙，5～6岁开始自己整理床铺、打扫房间，再大一些学习做简单的早餐，挑选适合自己的衣物等等。然而，中国父母往往对孩子包办太多，不利于孩子自理能力的养成。

加拿大孩子的独立意识还体现在理财方面。他们知道16岁以后就可以合法地打工赚钱，他们的意识里早已明白父母的钱不是自己的，18岁成年后如果继续依靠父母是件很丢人的事情。加拿大的银行都有一项业务，孩子出生后就可以开立银行账户。因此一般家长都会为孩子们开个账户，并带孩子一起去见自己的银行财务顾问，指导孩子们管理账户。这些钱有的是通过孩子们自己的劳动获得的，也有些是圣诞节或是生日的时候亲戚给的。父母无权支配孩子的钱，在这点上，法律认为私有财产神圣不可侵犯。拿我住家来说，两个18岁的男孩、一个17岁女孩都有兼职工作，自己喜欢的东西就要通过劳动去赚取，这在他们看来是再正常不过的事情了。

从学校教育来看，学校从小就开始培养孩子独立自主和生存的能力。从幼儿园直到中学，学校都会根据孩子的年龄进行适龄培训。Murielle-Dumont小学里有幼儿园的分支，在那里，老师会教学生自己整理衣服和书包；小学托管部则会定期教授学生简单的烹饪、缝衣服，让他们练习如何使用电器和工具；中学生则要学习如何烘焙点心，甚至做简易的家具。

在作业方面，老师同样教育学生要独立自主地完成。要把作业当成一种责任，而不是在老师或者父母的逼迫下去做。如果出现学生不完成作业的情况，老师会让他设想这样做的后果：是他自己学不到知识，老师是没有任何损失的。因此，老师和父母只是对孩子的作业进行适当的辅导和协助，无需督促或者惩罚。

让花儿学会独立绽放。这种独立包括生活自理、财务自由还有心理上的成熟，只有独立的孩子才能自信满满地踏上未来的人生路。我想，这是中国家长和学校今后需要努力的方向，也是小留学生们此行的重要目的和收获吧。

（带队教师　张丽芳）

伴随一生的Agenda

说起对加拿大的印象，总会冒出很多词语：广袤的森林，湛蓝的天空，悠悠的白云，清澈的湖水，淡绿的草坪，还有总在自家八楼阳台上出没的可爱的松鼠……呆的时间长了，才发现让人印象最深刻的应该是这样一个词语：计划性。

与中国人做事强调效率不同，加拿大人做事比较注重秩序和计划。以公交车为例，蒙特利尔居民不多，大部分都有自己的私家车，所以公交车每半个小时才有一辆。到了蒙特利尔后，我学会的第一件事就是查公交车的时刻表（Horaires），公交车在什么时候到达某个站点，基本误差在五分钟之内。如果公交车提前很多到达某个站点，那么公交车就一定会在该站

公交车时刻表

点停靠，把提前的时间补上，以确保下一个站点能够准点到达。这样基本保证了只要你按照时刻表去等车，误差不会太大。因为时刻表已经制定好了，必须严格执行，宁可停一停也要准点到。

这只是加拿大人做事注重计划性的一个很小的方面，在这里，去饭店要预约，去理发要预约，去看个展览要预约，

去看医生要预约，甚至只是到楼下物业聊聊房租的问题也要预约。他们这种做事的方式是如何养成的呢？这就不得不说一说学校学生每天必带的Agenda。Agenda特别类似中国的作业

Agenda（记事本）

记录本，不过比中国的作业记录本用途更广，也更加正式，它是教育局或学校统一印刷发放的。每个学校、每个班级可能教材不一样，练习册不一样，但Agenda却是全校学生人手一本，从这一点也可以看出学校对它的重视。每一本Agenda的第一页都有家长和学生必读须知，它告诉每一位家长和学生借助这本Agenda，你做事会更有计划性。每一年的Agenda会依照当年的日历，按天分割成一小块一小块的，有留给老师记录的地方，有为家长准备的部分，比如老师给家长的通知，以及家长对老师的反馈。当然最多的空白是属于学生的，学生可以把当天需要完成的事情记录在相应的位置。从小学一年级起，加拿大的孩子开始记录自己的日程表，每天记录作业内容，要去图书馆借或还的书以及近几天要做的事情等等。这无疑能有效地锻炼学生自我管理和分配时间的能力。

除此以外，学校一个学年的工作安排也在这本Agenda上，和中国学校的教育教学计划不同，加拿大学校的教育教学计划是以"天"作单位进行安排的。哪一天校外活动，哪一天开家长会，哪一天放假，哪一天是教育局统一的安排，哪一天是学校自主的计划，用圆形、三角形、正方形、椭圆形、斜线等标志，把这些特殊的日子加以区分，让老师和学生一目了然。这份计划，学校会有条不紊地执行、实施，基本不会发生变动。

细分到班级，每个班级都有一个类似日历的展板。记得有一次欢迎班

学年工作安排表

的老师想跟正常班联谊，两位老师查看日历后定好日子，然后分别在自己班的日历上做了一个醒目的记号，这样全班同学都知道了某个日子有这样一个活动。

有了学校的"以身作则"和老师们的有意引导，Agenda在学生的生活中也变得必不可少。每天早上到校第一件事不是上交作业，而是把Agenda交给老师，老师和学生一起检查应该完成的事情是否都完成了。下午最后一节课是写Agenda，哪些事情需要回家完成。从小学到初中，直到大学，Agenda在每个加拿大人的生活中占有非常重要的地位。约个朋友出去吃饭，他会说："稍等，我查查我的Agenda。"然后告诉你哪天他有空。同样的，跟别人约定每件事，也要提前一个星期左右，让他有时间进行安排……

孙子兵法云"夫未战庙算者胜"，凡事先做准备，做事时就能成竹在胸。教育学生从小养成做事的计划性，终生牢记"凡事预则立，不预则废"，并融入自己的生活实践中，实在是一件非常有意义的事情。

（带队教师　庞楠楠）

漫漫留学路，挑战中成长

少年留学，看似光鲜，背后的艰辛却鲜为人知。两年的留学生活，小留学生们真真切切地体验了加拿大的教育、文化和生活，面对异国生活带来的诸多挑战，他们勇敢地迈出自己的步伐，变得更加独立和坚强。

挑战一：学习新语言

全法语授课对于法语零基础的学生们来说，第一个月是非常难熬的。学生们每周除了一节音乐课、两节体育课和四节中文课以外，其他时间都是在法语老师的带领下学习。学生们听不懂老师讲什么，很难集中注意

和当地学生做游戏，学法语

力，课堂对他们来说显得更加难熬。

第一个月的法语课，学生们一听不懂就找我帮忙翻译，法语老师也让我把学生们的意思翻译给她，这样一节课下来，在来回地翻译中度过，基本上学不到多少知识。学生们抱怨法语老师讲课听不懂，法语老师抱怨学生们的学习积极性不高。为了让学生们彻底摆脱对我的依赖，法语老师建议我在法语课期间离开教室。过了一段时间，学生们的法语果然有了明显进步。语言学习最困难的是前三个月，在法语老师以及住家不断地鼓励和引导下，学生们终于度过了三个月的困难时期，可以基本上听懂法语课，用法语向老师提问，独立学习法语了。

挑战二：调整饮食习惯

初到加拿大，许多学生向我反映午餐只有一个三明治，根本吃不饱。经过和当地住家沟通了解，发现中西饮食文化差异的确不小。

加拿大人在饮食方面很注重营养均衡搭配，每顿饭都要包含四大营养类：谷类、蔬菜和水果类、肉蛋类、豆奶类。他们会根据这样的营养结构来搭配一日三餐。早餐一般就是麦片、水果、牛奶、果汁或者吐司。午餐吃得比较简单，一般都是三明治、蔬菜沙拉，配上酸奶、水果、奶酪等。晚餐是加拿大人一天中最重要的一顿，因为忙碌了一天，一家人终于可以坐在一起聊一聊当天的工作和见闻，一起享用大餐。因此晚餐一般都有大块的肉、面条或者米饭、蔬菜沙拉，饭后还有甜点。

国内大部分学生是在学校就餐，午餐十分丰盛，三菜一汤，还有两种主食，加上水果。加拿大的午餐很多时候就是三明治，两片面包加上几片菜叶、一两片肉和一片奶酪，很多孩子会感觉吃不饱，但是加上带的甜点、水果、果汁、奶酪和蔬菜等就差不多了。说到底，还是饮食习惯不同带来的问题。我们需要吃足够的主食、肉和菜才能吃饱，而加拿大人只要保证把包含每一种营养的食物都搭配进去了，每一份吃一点就够了。经过几个月的调整，小留学生们终于适应了加拿大的饮食方式。

挑战三：适应寒冷天气

　　蒙特利尔的秋天很美，但很短暂，接下来就是长达四五个月的寒冷冬天。从十一月初就一直下雪，持续不停，积雪高达两米，温度通常在零下二十几度；最冷的大风天气，温度低至零下五十多度；而且在十一月中旬到二月之间的三个多月里，通常在下午四点半就天黑了。天寒地冻的日子给我们的出行和课外活动带来了很大的不便。出门前必须全副武装，把头、耳朵、脸、手全部包好，通常只露眼睛和鼻子在外面，在户外呆的时间不能太长，不然会冻伤膝盖和手脚。不过加拿大室内都有暖气，很暖和，但很干燥，随时需做保湿工作，稍微疏忽就会口干舌燥，流鼻血。室内外冰火两重天，所以从室内到室外，或从室外到室内，都需随时增减衣物，十分麻烦。小留学生们刚开始不愿意穿那么厚重的衣服和靴子，嫌麻烦，在看护老师的多次提醒和命令下，才养成穿好雪服、雪裤、雪靴，戴好帽子、手套和围巾再出去活动的习惯。每次回到教室之前，都要在走廊上换下这一身厚重的装备，穿上室内活动鞋才能进教室。这一切对他们来

集体去滑冰

说都是不小的挑战。

虽然出国留学需要面对这么多挑战，但时间证明，他们的选择是正确的。短短八个月的时间里，小留学生们的成长速度惊人，这是在国内无法实现的。

1. 语言上

小留学生们在一所法语小学上学，每天学习法语，虽然法语是一门很难学习的语言，但是在这种浸润式语言教育环境下，他们的法语提高得特别快。八个月下来，他们已经从刚开始的胆小、张不开嘴，到现在能用法语进行大方流利的日常交流，并上台用法语展示他们的假期生活。

2. 文化礼仪上

留学期间，学生们亲身经历了许多加拿大传统节日习俗，接触了当地的饮食文化，学会了许多西餐的烹饪方法，学到了不少餐桌礼仪和社交礼仪，懂得处处讲文明，有了最基本的规则意识。

3. 自理能力上

学生远离父母、独立生活后，自理能力有了明显提高，遇到问题能够独立思考并主动想办法解决。平时能整理好自己的卧室和学习用品，主动帮助住家做家务，如摆放餐具、洗碗、洗衣服、扫落叶、扫雪、修剪花园的植物等。

4. 体质上

短短八个月的留学时光，小留学生们几乎在户外度过了三分之一的时间，他们的运动能力有了明显提高，出国前一个俯卧撑都做不了的学生，现在俯卧撑对他们来说简直是小菜一碟。看到一片草坪，他们会条件反射似地尽情奔跑，拥抱大自然；看到白茫茫的雪地，他们会跑到雪地里打滚、堆雪人，享受那一片洁白的冰天雪地；看到能够攀爬的体育器材或者大树，他们会像小猴子一样，比赛谁爬得最高、最快；足球场上，经常看到他们活动的身影，就连女生们也不甘示弱，在赛场上驰骋着；摔破了膝盖不算什么，只要能跑得动，他们就不会停下运动的脚步……

与住家告别前的合影

5. 性格上

八个月的留学生活让他们变得更加活泼开朗、热情大方。在宽松的小班教育环境下，老师能关注到每一个学生，针对每个学生的性格特点采用不同的教学方式，鼓励并激发学生发挥自己的潜能和特长。班内几个原本很内向、很少说话的学生，经过了八个月的留学生活，现在像完全换了个人似的，课堂上不仅会主动举手回答问题，还会主动向老师提问，敢于表达自己的想法和不同观点。原本只喜欢读书和画画的孩子，现在到了下课时间就直奔操场，和小伙伴们一起踢足球。学生们的兴趣更加广泛了，个性更加张扬了。

留学生项目的理念就是让孩子尝试独立生活。这八个月不但对离开父母的孩子是种磨练，对离开孩子的父母也是一种新鲜的经历。他们在留学中的收获和体验将会伴随其一生，对未来的发展有着深远的影响。

（带队教师　李贞瑞）

在异国他乡"我"的家

　　每到开学季，小留学生们挥泪告别父母亲人，飞越半个地球，抵达大洋彼岸——加拿大，一个看似熟悉又陌生的国度。熟悉是因为自己和家人已经做了N次的思想准备，也与住家和学校提前做了沟通。但即使做足了准备，到了下飞机的那刻看到眼前来接自己的"家人"，依然有种陌生感。不知道接下来的10个月自己会不会适应"我"这个未来的家：语言不通，饮食习惯不同，生活习惯差异，未来家长的教育方式和自己父母的想法是否吻合等等。想到这些，小留学生们会感到些许紧张，不过再多的担心也需要自己慢慢去体验，努力去适应和融入"我"的家，争取有宾至如归的感觉。

　　第一道坎儿肯定是语言障碍了，小留学生的母语是汉语，这可是世界上说的人最多而且是世界上最难的语言，既然能把最难的语言学好，那也能把所谓的世界上最美的语言——法语给搞定啊。但初来乍到，法语还没有开始学，只能用已经学会的一点英语与住家交流了。使出浑身解数，有时候加上丰富的肢体语言和表情语言才能让住家明白他们想表达的意思，有时候甚至还会闹一些笑话。Ken在住家卫生间洗澡，住家当时给他演示了一下如何用淋浴的开关，当时记住了，但这次去洗的时候，不记得怎么关了，左拧拧，右动动，就是关不住，这下可把Ken急坏了。正在这时，住家爸爸感觉Ken洗了好久还没有出来，心里嘀咕不会有什么情况吧。于是敲门进去，看见Ken正无助地站在淋浴下面，就问他是不是不舒服，Ken也不知道如何告诉他，但从Ken的表情中住家感觉到应该是不知道怎么关住龙头，于是马上帮他关上，给他浴巾让他擦干身子。Jean的住家有一个要好的中国朋友，得知住家接待了一位中国孩子，住家的中国朋友就邀请住家带着孩子一起到她家用晚餐。住家给Jean解释了几遍，Jean仍一脸茫然，于是住家用谷歌翻译出来给Jean看。Jean看完翻译后不禁哈哈大笑，住家很疑惑Jean为什么笑呢，原来谷歌的翻译是这样的：今晚我带着你去吃我中国的朋友……

除了语言的障碍，中西饮食习惯及个人饮食爱好差异也不小。比如William不爱吃蘑菇，而住家非常喜欢吃蘑菇，因为事先不了解William不吃蘑菇，所以她就按照她家的饮食习惯来做饭，经常做蘑菇。一开始William感觉刚到住家，不好意思告诉住家他的喜好，担心住家说他太挑剔。于是开始强忍着吃，但吃完极不舒服，后来住家了解后，就减少了做蘑菇的次数，即使做也会把蘑菇切得碎碎的掺到别的食物里，William吃完也没有什么异样的感觉了。可能William对蘑菇有心理阴影，但他自己也慢慢锻炼对不喜欢的食物的容忍度，这也是一种历练吧。加拿大学生中午需要带饭到

和住家弟弟吃饭

学校，大多数住家都会给小留学生带三明治，就是面包片中间加一些午餐肉和青菜。Harry一开始很不适应，感觉三明治不太好吃，而且量太小，吃完不是很饱，于是与住家沟通希望住家可以调整午餐的形式和种类。住家不是很理解，他家里还有三个孩子，都是男孩，年龄有的比Harry大，有的比他小，他给他们四个带的午餐都是一样的，没有偏倚，为什么Harry嫌他的午餐不够好呢。他后来根据Harry的要求调整了午餐的种类，单独给Harry准备午餐，其他的三个男孩还有些羡慕呢。后来住家爸爸有机会来到中国访问Harry的学校，看到学校给学生提供的午餐那么丰盛，两菜一汤加面食，这时他才明白了Harry关于午餐的要求，看来交流与理解都是相互的。

住家们也多次在与我的交流中提到中西生活习惯的差异。加拿大每天都要洗澡，换内衣，尤其在冬天小留学生不愿意每天都洗澡，因为很冷，他们害怕洗完头发如果没有吹干的话容易感冒。有些住家有好几个孩子，每个孩子一个房间，所以大家都有责任打扫自己房间的卫生。但是有的小留学生在家里是独生子女，父母有时候心疼孩子，家务活都帮他们包办了，所以有的小留学生刚来的时候不大习惯定期打扫自己房间的卫生。有一次，一个住家问我："左老师，你们中国打扫卫生都是女人来干的吗？"我听到这个问题后哭笑不得，我说不一定啊。他说小留学生告诉他自己不需要打扫房间的卫生，因为他中国家里的卫生都是女人来干的，比如他妈妈或者奶奶、姥姥。后来我找这个孩子聊这个问题，他说不想打扫想出去玩，所以就找出了一个他认为"很正当而且很诚实"的理由来搪塞住家……

我发现双方的差异还表现在教育理念上，大部分中国家长都有一颗"望子成龙，望女成凤"的心，希望孩子将来能有所作为，所以对孩子要求比较严格。比如学习成绩、课外活动的安排等，即使孩子们已经表现很好了，家长们认为还是有不少提升的空间，无形中给孩子们增加了压力。相对于中国的"严格式"教育来讲，住家们是比较"宽松式"的教育。他们希望孩子们能有足够的时间去玩，按照自己的爱好和兴趣去挑选课外活动，不太强求孩子们去做不喜欢做的事情，但很注重培养孩子们的责任意识，让他们去自由选择，但也需要承担相应选择带来的结果。

　　小留学生在这种文化交流与碰撞中去积极适应加拿大的学习与生活。作为项目的协调人与见证者，我很钦佩他们的勇气，他们在适应中不断调整自己，从开学初的羞涩到圣诞节时的自信与绽放，再到学期结束时的坚定与从容，他们是中加文化的使者。有的小留学生与住家建立了深厚的感情，在自己的法语名后加上住家的姓，表示自己与住家是真正的一家人，还有的小留学生教给住家调馅擀皮包饺子，一起享用美味的中国大餐……相信这段海外留学经历将是他们人生中一段宝贵的经历，将来不管走向何方，每每回忆起这段在异国他乡"我"的家的日子时，心中会荡漾着温暖与爱……

（玛格丽特·布尔瓦教育局国际交流主管　左亚琴）

左亚琴

非同一般的澳洲留学生活

今年的暑假是我最难忘的一个暑假，也是最有意义的一个暑假，因为我参加了第二届澳大利亚迷你留学活动。在短短的75天里，我和同学们近距离接触了澳大利亚文化，深入体验了那里的学校生活和日常生活。澳大利亚住家的爸爸妈妈、弟弟妹妹和克雷菲尔的师生都给我留下了深刻的印象。

7月7日，对我们来说是个难忘的日子，第一次离开爸妈，跨越半个地球去留学，期盼中带着些许激动。经过一天一夜的中转、飞行，我们终于到达终点站——布里斯班。布里斯班的空气很清新，天空湛蓝湛蓝的，让人感觉神清气爽。我们十个女生被分到了克雷菲尔学校，在那里我们见到了各自的住家爸爸妈妈，期待已久的留学生活就要正式开始啦，好兴奋啊！

澳洲的学校生活很轻松，早晨八点到校，下午三点放学，六节课时间集中、高效。澳洲学校有吃上午茶和下午茶的习惯，少吃多餐是一种健康的饮食习惯。除了作息时间和饮食习惯的不同，在教学方式上也有很多差异。因为学生数

户外活动——高尔夫课

量少，所以教室里的桌椅摆放成一圈，老师们一般不会从上课讲到下课，经常会让同学们以小组讨论的形式解决问题，课堂气氛非常轻松愉快，同学们可以选择坐在自己喜欢的位置上。我最喜欢的是教室里那几个大大的瑜伽球，坐在上面听课非常的舒适。这在国内几乎是不可能的，我们的教室里可放不下这样的大球。

虽然课堂上轻松，作业也不是很多，但每一份作业都不是轻轻松松就可以完成的，多数是以报告、手抄报或者调查问卷的形式来完成的。在中国，作业大多都是练习题，而且作业量也要大得多。

澳洲课堂上，我们通过亲自观察，在发现中学习知识，或者动手制作各种小玩意，或者参加老师组织的各种游戏，在玩中学，课堂妙趣横生。

住家爸爸妈妈给了我一个温暖的家。虽然我们肤色不同、语言不同，但是我很快感受到了一家四口的温情，每天接送我上学、放学，准备新鲜的食物。他们教会了我整理自己的房间，每周五晚上我们会去市区参加教会CLUB的活动，周日住家爸爸妈妈带我们野炊、购物，为我在澳洲的生活增添了一份色彩。

澳洲的家长教育理念和国内也不同，澳洲的家长主要培养孩子对学习的兴趣；而中国的家长希望孩子每次都考个好成绩。澳洲家长认为，只要让孩子喜欢上学习，他会自己主动去学，只要孩子尽力了，就是值得骄傲的事情；而中国家长都不愿意让自己的孩子输在起跑线上，容易出现一种攀比的现象，只有孩子考了高分，家长们才会觉得自豪。真希望爸爸妈妈们也能有机会来留学，体验一下澳洲的文化和生活，这样他们就可以为我们的成长提供一个宽松的环境，我们就会更努力地去做最好的自己。

正是因为这些"非同一般"让我收获了很多。首先，我的英语口语和听力有了很大的提高，可以与当地人顺畅地交流，不需要借助电子词典的翻译；其次，我的自理能力得到了提高，我学会了自己照顾自己，遇到问题不会像以前那样依赖爸爸妈妈，而是试着自己想办法解决问题；再次，

中澳学生同堂上课

也是最重要的收获，通过这次留学，我懂得了如何与他人更好相处，交到了很多好朋友，他们是我生命中的宝贵财富。

感谢老师们的教导与陪伴让我在学习中成长，感谢同学们的热心帮助和友谊让我的留学生活在快乐中度过，感谢爸爸妈妈给我创造的机会，也感谢澳洲爸爸妈妈的悉心照顾，感谢我自己坚守自己的梦想，我会继续朝着梦想大步向前！

（小留学生　韩嘉怡）

留学在澳洲

今年暑假与众不同，我们参加了为期三个月的澳大利亚迷你留学活动。在这个美丽的国度，我们留下了难忘的美好回忆。

悉尼是我们的第一个目的地，令我印象最深刻的是悉尼歌剧院，这座像极了风帆的世界级艺术表演场位于悉尼港的Bennelong Point，是由丹麦建筑师JornUtzon设计的，建设工作从1959开始，1973年才正式竣工。2007年6月28日这座建筑被联合国教科文组织评为世界级文化遗产。其景色果然十分优美，不光内部奢华雄伟，金碧辉煌，剧院外更像一幅五彩斑斓的画

毕业party

卷：雄伟壮丽的歌剧院矗立在美丽的海湾旁，海水的碧蓝与天空的湛蓝遥相呼应。除此之外，庄重华丽的圣玛利亚大教堂，刺激的滑沙体验，堪培拉的国会大厦，神奇有趣的造币厂，风景优美的情人港、海德公园，古老的昆士兰大学……我将永远记住你们。

短暂的悉尼之旅过后，我们将目的地转向布里斯班。布里斯班是澳大利亚昆士兰州首府，位于澳大利亚本土的东北部，北缘阳光海岸，南邻国际观光胜地黄金海岸市。大都会区人口227万余，是澳大利亚人口第三大都会。我们将在这里跟住家团聚，在大巴车上，我们有说不完的喜悦和期待，我也在想我的住家是什么样的呢！

我的住家是一个俄罗斯家庭，移民到澳大利亚。爸爸的工作是电脑绘图工程师，每天工作很忙。妈妈是一位画家，曾在当地幼儿园当启蒙老师。大姐姐大学毕业后正在找工作，当过模特，十分俊俏。小妹妹现在上

学校海盗日

一年级了，跟我们一个学校，她性格与我相似，我们两个经常在一起干"傻事"：装扮愚蠢的医生、老师、超人、超市收银员，滑稽搞笑；给芭比娃娃化妆，举行化装舞会，玩大富翁，教对方跳舞……每天，妈妈会温柔地叫我们起床，为我们准备精致丰富的早餐，开车送我们去上学；临走前，还有一个大大的拥抱，让我的一天都充满了温暖。下午，爸爸接我们放学回家，回到家，

友爱的家庭成员

妈妈已经准备好点心等着我们了，饱餐一顿后，便尽情地在后院玩耍、嬉戏，荡秋千、捉迷藏，在柔软的草地上打滚，仰望湛蓝色的天空，笑声回荡在院子里的每一个角落。每到周末，一家人也会一起去游玩，怕我们想家，住家每天都会把生活安排得充实丰富，让我天天都很快乐。温柔慈爱的妈妈，充满父爱的爸爸，文静能干的姐姐，调皮可爱的妹妹，缘分让我们成为了亲人，以致分别那天满是不舍。

澳大利亚，这个美丽的国度，我会再回来的，它就像我儿时的故乡一般亲切。总有一天，我会回到这里，去看我的住家，去再次游览那些我们曾经播撒快乐的地方。

（小留学生　罗东蕾）

走进澳洲课堂

我们留学的目的地是古老的城市伊普斯维奇，位于澳大利亚昆士兰州的布里斯班南部。澳大利亚的风土人情给了我极大的震撼，让我体会更深的是我们在澳大利亚的学习生活。

我们进入布里斯班伊普斯维奇文法学校男校

体验澳洲课堂

（IGS），开始了我们的学习生活。这里的教学方式、课堂学习、课程内容等都让我耳目一新，获得了和国内不一样的学习感受。在这所百年老校中，我们感受到它浓厚的历史氛围和男校特有的血气方刚的校园文化，我们插班进入当地课堂上课学习。每个班的学生都不多，我所在的班级总共只有20个学生。老师推崇鼓励式的教育方式，每周一例行晨会，晨会上表彰一周以来在各个方面做得非常优秀或者进步很大的学生。我们留学团的男生因为刻苦学习英语，就在晨会上获得了表彰，我们倍受鼓舞，学习更带劲了。老师也很善于鼓励我们，一次在班级课堂上，老师组织了一次画地图"大奖赛"，我因为画得好，被老师评为第一名，得到了老师写的奖状和一个大大的拥抱。课堂上，没有课本，也没有考试，更没有各种作业的压力，老师会按照同学们的需求讲解各方面知识，指导同学们自主学习，各自探索。上课时，我们也很自由，可以和同学讨论交流，可以向老师提问，可以以自己喜欢的姿势听讲，这让我们上课非常快乐、思维更加活跃。这里的课程内容也非常丰富，有科学、英语、德语、日语、健康、音乐、美术、手工等科目，其中吉他课、橄榄球课、手工课都是我非常喜欢的课程。课余时间，学校还会组织各种丰富多彩的活动。比如把动物园的蟒蛇、蜥蜴、鼯鼠、鳄鱼等动物搬到学校，让我们与它们近距离接触、交朋友。学校的"服装秀"活动也非常吸引人，在这一天，每个人都变身为书中的主人公，各式各样的奇装异服引人注目，目的是鼓励同学们多读书。

毕业典礼

转眼间，近三个月的澳大利亚留学生活结束了，现在虽然我已经回到了祖国，但在澳大利亚收获的一切都历历在目，亲情、友情、知识、快乐……这一切我都将铭记在心。

（小留学生　田正宇）

在海滩上雀跃

没有围墙的学校，却有根植于心的规则

澳洲的学校都没有围墙，看不到保安，只有园丁在校园里不时地修剪着草坪，整理着花木。硕大的校园里，碧绿碧绿的草色在眼底蔓延，高尔夫球场，曲棍球场，是孩子们尽情释放能量的乐园。除了上课，孩子们有二十分钟的Morning Tea和五十分钟的午饭时间。无论是谁，都是自带食物。时间一到，三三两两的小伙伴聚在一起，或席地一坐，或就近找一个木桌椅，开心时刻就开始了。上课时间一到，不用催促，所有人自觉快速收拾好垃圾，准时赶回教室上课，孩子们几乎从不迟到。课堂上，桌椅也多是以老师为中心围着圈摆放，很多课程中孩子们都是坐在地板上听老师讲课，或大家一起用电脑完成作业、交流、上台汇报。不用一直头不歪肩不动，也不苛求小腰板一直挺直，不用所有人都右手压左手，可以自由地翻一翻书，可以时不时低低头，坐姿可以是不一样的，需要去拿纸巾擦擦手的话，也不用向老师请示和汇报，自行快速解决

我的澳洲课堂

快速归位即可，但所有的不同之外有一点是相同的，那就是——都在专注地倾听和思考。因为，认真听，积极思考和交流，这是规则。所以，不管以什么姿势坐在这里，孩子们始终在积极又及时地给予老师回应。能力弱的学生会有专属于他的学习内容和学习要求，即使不同，也始终在被鼓励和关注。

就像学校没有围墙一样，澳洲学校没有那么多条条框框，学生身心始终是放松的。按照我们的惯性思维，我们该担心学生乱套了、走神了，但恰恰相反，学生没有乱，与散文所讲的"形散而神聚"有异曲同工之妙。反思我们常见的国内教育，"一二三，我坐好"的整齐划一，有它的必要性，因为学生多，需要步调一致才好统一管理，可是，一刀切的管理模式下，必定会忽略学生的个体差异。所以出现有的学生虽然坐得很直，脑子却不一定在想什么，"身在曹营心在汉"时有发生。到了新的环境里，没有人提出要求时，很多孩子往往失去方向，肆意妄为。两种表现的根源在哪里？规则。一个是规则内化于心，懂得规则本身的意义并无条件服从；一个则是仅仅将遵守规则当成获得表扬的途径。

一起跳起来

欢乐的聚会

习惯了被事无巨细严格管束的学生，要么失去了自我思考和选择的能力，要么始终在等待放纵的机会。一旦失去管束，因为心中没有规则，则要么失去方向，不会学习；要么自由散漫，为所欲为。很多留学生毕不了业，多是因为不具备自我管理的能力。这不是我们教育的最终理想。

另外，这里所讲的规则本身，不仅仅指听讲的规则，更包括言谈举止的各个方面。譬如，自己主动收拾自己制造的垃圾，公共场所不喧哗，规定时间内完成学习任务，行进过程中为后面的人随手扶一下门，当别人向你求助时一定要竭尽所能去帮助对方，上体育课一定要穿运动衣、戴帽子……

对于中国学校教育来说，需要思考我们对学生的教育和管理到底是为了什么？到底什么该管？什么不该管？管要管到什么程度？放要放到什么程度？怎样让必要的规则根植于学生内心并为学生一生的成长奠基呢？

（带队教师　于敬敬）

专家访谈

Part 2

办好面向世界的教育

教育发展到今天，作为校长，无论你愿不愿意，都必须面对国际教育交流这样一个现实。因为在全球化的大背景下，世界各国之间的联系日益紧密，教育作为一项重要的事业，不可能关起门来，各国办自己的教育。

一次足球比赛，开启师生行走世界的大门

山东师大附小开展国际教育交流，发轫于2001年。那一年，我受教育部委派，作为小学代表随团赴日本参加中日国际教育交流十周年庆祝活动。期间，我随团访问了五六所小学和中学，他们精彩纷呈的课程设置让我震动不已。

当时国内正值新一轮，也是新中国成立以来的第八次课程改革，日本教育界恰好也在实施战后第三次课程改革，双方的许多教育理念异曲同工，但在具体实施上却大相径庭。日本中小学普遍开设许多综合实践课程，令我心中"吐故纳新"的种子开始萌芽。回国之后，我开始关注培养学生的综合素质，在一手资料极度稀缺的情况下，仍然尝试开设了一些综合类课程。可以说，教育国际化的理念在不知不觉中开始影响学校发展。

2004年，作为山东师大附小校长，我选择了教育现代化的研究课题。从理论到实践，岁月的磨砺告诉我们，教育国际化和教育信息化，是托起教育现代化腾飞的两只翅膀，是实现教育现代化的重要手段。那时起，我对教育国际化才有了更加科学、更加深入的认知。

机遇真的是偏爱有准备的人。当时，国家体育总局要在全国遴选一支校园足球队，代表中国到日本参加中日韩三国青少年足球友谊赛。附小是

山东省足球体育运动项目传统学校，学校足球队在2000年获得过全国少年甲A联赛冠军，国家体育总局通过与山东省体育局沟通，就把这项光荣的任务交与了附小。老师带领着近20名学生飞赴日本参赛。谁也没有预料到，这次出访从此开启了师生行走世界的大门。

十年间，学校与15个国家和地区的29所教育机构或者学校，签订了友好交流协议，开展了形式多样的交流活动。2000余名师生走入美国、澳大利亚、加拿大、日本、韩国、英国的友好学校交流、学习，增长知识，丰富阅历。除此之外，学校每年都有多名教师通过国家汉办的选拔，公派出国进行教学和志愿者交流活动，带回来大量教育理念、教学方法以及课程资源，反哺于附小的教学。这种"走出去+引进来"的形式让学校的教育国际化发展真正驶上了快车道。

校长的使命与担当，成就光荣与梦想

有一年在加拿大访问，魁北克省的一位教育局长问过我一个问题。他说："苗校长，中国青少年的人口比例是非常大的，但是类似学校选派中小学生到国外留学的这种项目为什么这么少？"

我这样回答他："中国是一个执行独生子女政策时间已经非常长的国家。一个家庭普遍只有一个孩子，对于孩子这种关注、呵护、不放心，致使社会上流传有"小太阳""小皇帝"的说法，这有些夸张，但确实反映了一种社会现象。这些孩子，如果在十岁左右离开父母，远赴异国他乡，进行一段时间的求学和生活，对于家庭、对于父母，甚至对于他们的祖辈，都是很大的挑战。"

"儿行千里母担忧。"孩子出国，即便事前再谨慎细致，跨出国门后仍会面临各种各样的突发问题。这些年，我们不等不靠，打主动仗，靠决心和能力冲破了来自社会、家庭的一些阻力，才做成了一些事情。如果缺少担当，不敢负责，我想也不会有现在的良好局面。因为我们的初衷，是通过国际教育交流，带动全体学生整体素质的提升，带动学校办学水平的

提升。随着成效的显现，社会和学生家庭对于这项活动给予了越来越多的理解和支持。

事实证明，孩子们参与国际交流的经历，带给自身的变化涉及方方面面。这其中，最为显著的是他们愈发地充满自信。这种自信的底气来源于在文化碰撞中对自身传统文化深厚渊源的正确认识，来源于大国崛起的庇佑。

附小的传统文化教育开展多年，孩子一入学，就开设中华诗文诵读课程，并积极开展阅读引导，在潜移默化中培养孩子的文化自信。面对不同国家、不同民族的文明，文化的力量可以让孩子们不卑不亢，平等交流。随着国力的增强，国人在国际上赢得了更多尊重和话语权。在国际活动中，孩子们表现得更加主动、积极，勇于大胆地展示自我，释放生命活力。

深耕国际教育交流试验田，当好教育改革探路者

2014年4月，山东师大基础教育集团成立。国际教育交流工作从定位上来讲，已经不再局限于山东师大附小一所学校的层面。我想，对于下一步基础教育集团国际教育交流的目标规划上，应该做到以下三点：

第一，由浅及深，浅深并举。在原来空中课堂、修学访问、中长期留学项目的基础上，深入到教育理念、学校课程，以及师资队伍的培养等深层次、多方位的交流。

第二，由点到面，点面兼顾。在开展国际教育交流方面，山东师大附小的水平与档次在全国小学里是凤毛麟角。附小的做法或者经验，甚至教训，将来都会引入到集团的这项工作中来。由一个点，扩展到集团所有的直属学校，扩大国际教育交流优质资源的共享。

第三，由里到外，里外结合。十年来，学校主动"进攻"，经常走出去交流、访问，将来我们也要把国外的资源，积极地引入集团内部，让更多先进的理念、经验流动和循环起来，形成活水效应。

2015年，集团从加拿大聘请了两位青年教师，到集团所属学校开展为期一年的教学访问和交流。条件成熟时，还要举办国际班和国际学校。在

引进国际资源的同时，还要走出去，输出我们的资源。比如，集团与英国的学校进行合作办学，集团的学生在他们学校开展活动，学习英国的课程，英国的学校也可以利用集团师资，开展汉语教学，对师生、甚至家长进行汉语培训，成为中华文化的传播者。我相信，在总结以前经验的基础上，对下一步的工作进行科学合理的规划和布局，基础教育集团的国际教育交流工作会开展得更好。

多年来，我们在开展国际教育交流方面积累了一些经验和资源，在做好自己的同时，还注重与省内教育同行分享这些经验和资源。2013年10月，山东省小学教育发展共同体成立，之后，又举办了山东省小学校长大会。通过这样一些平台，与大家分享所获得的教育理念。

2014年春天，山东省教育学会教育管理研究会在青岛举行高峰论坛，其中有一项主题就是关于国际教育交流，主旨演讲。我提出来，教育发展到今天，作为校长，无论你愿不愿意，都必须面对国际教育交流这样一个现实。因为在全球化的大背景下，世界各国之间的联系日益紧密，教育作为一项重要的事业，不可能关起门来，各国办自己的教育。

20世纪80年代，邓小平同志就要求教育要面向现代化，面向世界，面向未来。2010年国家发布的《中长期教育改革与发展规划纲要》，也明确提出要在青少年中开展跨国的、跨文化的教育交流与合作。2014年12月，我国首次召开全国留学工作会议，习近平同志作出重要指示，强调留学事业历来与国家和民族的命运紧密相连。新形势下，留学工作要适应国家发展大势和党和国家的工作大局，统筹谋划出国留学和来华留学，综合运用国际、国内两种资源，培养造就更多优秀人才，努力开创留学工作新局面。相信，通过集团上下实实在在的工作，国际教育交流的这些成果会越来越为更多的学校所共享。集团也非常荣幸为山东、为中国的教育发展做出应有的贡献。

苗禾鸣与外国小学生

苗禾鸣，1998年至2014年担任山东师范大学附属小学校长，2014年4月起担任山东师大基础教育集团常务副理事长、总经理。山东省督学，省特级教师，全国中小学千名骨干校长，全省教育先进工作者，山东省优秀教师，山东省国际交流工作先进个人。

冲破壁垒，搭建桥梁

2013年，我很荣幸能和我亲爱的朋友——山东师大基础教育集团总经理苗禾鸣先生，一起参与创建魁北克—山东教育合作项目。苗先生是一位在教育方面极有远见的人，而我当时是蒙特利尔市玛格丽特·布尔瓦教育局负责教育国际化的副局长。我们一起探索未知的教育领域，设想把一批五年级的中国学生送到魁北克蒙特利尔，让他们接受独特的学习挑战。在这种情况下，他们将在一年内学会法语这门新语言，并获得西方国家（这个项目里是指加拿大法语区）生活的新视角。

第二年，我们在位于魁北克乡村的隶属于博斯爱特舍曼教育局的圣乔治、圣玛丽两地的两所学校重复了同样的实验项目。

如果没有学生父母的支持，这个教育实验项目是开展不起来的，他们对项目有信心，相信这种独特的体验将有利于孩子的教育发展。

现在正在开展的项目已经取得了哪些成果？

首先，孩子们沉浸在一个新的家庭环境和新的文化中，这意味着他们会学习第二种外语，在这个项目中是法语。他们有两位老师，其中一位来自中国，帮助他们适应并融入新的学习和日常生活。大多数孩子们像鱼适应水一样适应了新环境。即使那些最初经历过一些困难的孩子，也在老师和家庭的关心与关注下最终适应了新环境。

应该指出的是，即使面临某些学习挑战的孩子也取得了成功，因为教育环境、家庭和社会环境为学生成功提供了很多帮助。当然，每个孩子获得的成功各不相同，因为每个孩子都是相对他自己的水平取得了成功。孩

子的个人"幸福指数"在一定程度上是衡量该项目是否成功的标准，而在这个项目里，大多数孩子的幸福指数都很高。一部分学生选择第二年或者第三年继续留学。参与这个项目的所有学生的人生都发生了改变，因为他们有机会在不同的文化环境中开阔他们的视野，丰富他们对世界的认知。

这种变革性学习体验的亮点是什么？

通过对儿童教育发展的实际观察，这种变革性学习体验有以下亮点：

1. 发展自主能力。

远离家乡的孩子们发展出新的生活技能，特别是自我管理。他们要管理好自己的日常生活，甚至做一些他们以前在中国从来没做过的家务，比如说整理床铺。

2. 提高他们的成熟度。

发展批判性思维能力。

3. 扩展他们的世界视野。

学会一些新的生活和做事方式，比如做家务。

4. 在外国家庭生活。

新语言、新规则和新文化，提高他们的适应能力及技能。

5. 跨文化交际。

在外国老师的指导下学习，结交不同的新朋友。而且，大部分的孩子都是独生子女，要学会在住家里和新的兄弟姐妹相处。

6. 学习一门新语言。

在这个项目中，他们可以学习法语。

当然，考虑到每个孩子的个体之间存在差异性，每个孩子在这个项目中的收获也是不同的。毫无疑问，在这一年里，孩子们的行为表现有了明显的变化，他们之间也建立起了一种友谊。他们获得了一份强烈的自豪感，因为在这一学年里，孩子们成为中国的大使，加深了他们对自己是谁、来自哪里的认识。他们取得的成绩令他们的老师大吃一惊，我认为大多数的父母也有一样的感觉。

"一带一路"倡议的实施促进了世界人民之间的更多合作，世界人民变得更加相互依存。我们的责任是共同打击污染，平等分享资源，使所有人在和平共处中更加有尊严，这个项目展现出来的教育国际化是对教育未来的一个见证。能和我亲爱的朋友苗禾鸣先生一起继续为这个项目未来的成功而努力，我感到很自豪。

温和与中国小留学生在一起

Wojtek Winnicki（中文名字：温和）：原魁北克蒙特利尔市玛格丽特·布尔瓦教育局副局长，现任魁北克中心教育局副局长，山东师大基础教育集团特聘教育顾问。积极致力于中加教育文化交流工作，参与创建魁北克—山东教育合作项目，被山东省教育厅授予"中加友好交流大使"荣誉称号。

澳洲迷你留学欢迎你

彼得·布瑞特校长

Dr Peter Britton（彼得·布瑞特博士）：澳大利亚昆士兰州伊普斯维奇女子文法学校及小学部校长兼CEO，山东师大基础教育集团特聘教育顾问。集团赴澳洲迷你留学项目的发起者之一，参与创建山东师大基础教育集团澳洲海外教育中心。

父母都深爱自己的孩子，他们不知疲倦地工作，就是为了让孩子获得良好的教育。良好的教育能够让孩子过上幸福成功的生活，同时受过良好教育的孩子，更加重视和尊重他们的家庭、社会和国家。

山东师大基础教育集团与澳大利亚伊普斯维奇女子文法学校（IGGS）合作开展的迷你留学项目，为每一位家长提供机会，帮助自己的孩子成为有自信、受过良好教育的人，使孩子拥有优秀的个人品质，以及更强的对家庭、社会与国家的感恩意识，为未来幸福成功的生活做好准备。

我从来没有想过在我人生中会有这样的经历，对于我来说，接受这些来自中国的小留学生是个不小的挑战。我愿意接受这一挑战，我为此感到兴奋。

我和我的中国小留学生

对于我而言，重要的是给这些离开家乡跨越12000公里来到魁北克的小留学生机会，能在这里找到归属感。有谁可以在9岁离开自己的家到一个陌生的家庭，而且在这个家庭里讲的不是自己的母语？ 毋庸置疑，这段经历将印在他们心里并嵌入到他们灵魂里，将影响他们一生。我唯有祝福他们在这段经历中学到知识，提高能力，将来有助于他们成为具有开放视野的世界公民。我们一直用时间、激情、无条件的爱、尊重和勤勉来欢迎这些来自中国的小留学生们。

黑蒙校长和中国小留学生

Claude Raymond（克罗德·黑蒙）：加拿大魁北克蒙特利尔市玛格丽特·布尔瓦教育局幕禾怡芒小学校长，负责接待了来自集团第三届、第四届小留学生，深受学生及家长喜爱。

毕生难忘的经历

伯努瓦·朗顿校长

Benoit Longtin（伯努瓦·朗顿）：加拿大魁北克玛格丽特·布尔瓦教育局Joseph Henrico小学校长，承担了第一届、第二届小留学生接待工作，是小留学生项目的开拓者。

在这个项目推进过程中，住家们所做的工作是伟大的。他们对这个项目的全心投入使得这些来自中国的小留学生能够更好地融入本地家庭和学校生活之中。正是由于他们的奉献，这些9至11岁的孩子们得到了很好的照顾和鼓励。

欢迎班的老师们共同努力给学生们营造了一个舒适的环境，使得他们可以通过各种各样的活动来探索和互动交流。

对我自己来说，我非常高兴参与完成这个独特的项目。我们是这场探险之行中的开拓者，而且我们取得了成功。我永远不会忘记我职业生涯中的这段经历，同时衷心祝愿我们与中国合作的其他交流项目也能取得同样的成功。

项目介绍

Part 3

加拿大蒙特利尔小留学生项目

项目介绍：

　　加拿大小留学生项目是在山东省教育厅的推荐下，由山东师大基础教育集团与加拿大魁北克蒙特利尔市玛格丽特·布尔瓦教育局共同推出的为期一年的小学生留学项目。该项目自2013年推出以来，已有近百人次参加。学生在全新的环境中，浸润式学习法语、英语，全身心融入当地环境，全方位学习了解当地多元文化；学习语言的同时，收获了自信、自强与自立，懂得了珍惜、感恩与付出。受到家长与学生的广泛好评，小留学生也已成为当地国际教育的一道靓丽风景。

苗禾鸣校长看望小留学生

项目优势：

1. 项目组织经验丰富。2013年，山东师大基础教育集团成为山东省内第一个开展长期小留学生项目的教育单位，率先与加拿大魁北克法语教育局签约，开始了小留学生项目的探索，先后成功输送出四批五六年级的学生，在加拿大进行一年以上的学习和生活，深受留学生及家长们的欢迎。无论是加拿大教育局还是集团，在此类国际项目的组织与师生管理方面都已积累了丰富的经验。

2. 带队老师陪伴孩子成长。小留学生将在国内带队老师的陪伴下，完成一年的留学生活。带队老师在帮助学生顺利适应加拿大学校生活和住家生活的同时，也将教授国内同年级的语文和数学课程，确保小留学生及时跟进国内课程。

项目总结协调会

3. 项目的可持续性。在加拿大留学一年之后，学生可以选择回国就读，也可以选择继续留在加拿大，拥有国内和加拿大双重学籍，便于学生在国内外中学继续学习。

4. 英法双语的生活环境。加拿大魁北克蒙特利尔市是一座英法双语城市，小留学生在学校里学习法语，在家可以练习英语，具备十分难得的双语练习环境。

5. 地道的北美家庭生活体验。小留学生将被安排在教育局严格挑选的不同的当地家庭中，体验地道的北美家庭生活：摘苹果、做甜点、万圣节去要糖、圣诞节拆礼物、全家一起去滑雪溜冰、复活节参加热闹的家庭聚会、圣诞假期和春假与住家一起去其他城市旅行等，丰富的家庭活动会让

学生迅速融入到新家庭，并爱上他们的新生活。

　　6. 培养学生的自理能力。加拿大的家庭一般有2～5个孩子，父母重视培养孩子的独立自理能力，每个孩子都将参与到家务活动中，独立完成自己的家庭任务，承担家庭责任。

　　7. 跨文化交流的体验。小留学生将与当地学生一起接受加拿大的文化课程教育，体验加拿大的教育方式，并与当地学生进行文化交流。在学习

亲如一家人

与住家合影

首届赴加拿大小留学生合影

融入课堂

加拿大文化的同时，也可以将中国特色的传统文化，如书法、国画、古筝等介绍给外国学生，增进跨国友谊。

8. 通过参加不同的活动，体验北美多元文化。留学期间，小留学生将有机会参加当地不同的文化与节日活动，如摘苹果、参观枫糖小屋、滑雪、滑冰、打冰壶、打冰球及体验万圣节、圣诞节、愚人节、复活节等，在活动中体验北美多元文化。

参加圣诞游行

摘苹果

玛格丽特·布尔瓦教育局简介

玛格丽特·布尔瓦教育局是魁北克省第二大教育局，有学生53000名，其中中小学生42000名，教育局下属92所学校，其中有67所小学，12所中学，1所特殊中学，2所特殊学校，6所职业教育学校和4所成人学校。教育局共有9000名职工，其中5000名是教师。教育局学区领域覆盖了蒙特利尔7个区和13个行政区。

学校介绍：

幕禾怡芒小学

学校隶属于玛格丽特·布尔瓦教育局，招收幼儿园至六年级学生，在校人数为530人，学校位于皮耶禾方区。

☐ 一所培养创新能力的学校

☐ 培养学生创新视野和能力

☐ 培养学生思考和解决问题的能力

☐ 培养学生社交能力

学校致力于培养学生法语和数学的能力。

自2010年6月以来，学生解决问题的能力超过了他们年级要求的目标。

学校致力于给学生提供一个安全温暖的成长环境。

健康周一起制作美食

小伙伴一见如故

Félix-Leclerc中学

学校隶属于蒙特利尔市玛格丽特·布尔瓦教育局，是一所法语公立学校，位于美丽的西岛潘德克莱尔区，学校包含中学一至五年级，拥有来自全球78个国家的学生1100多人。不同种族不同国家不同语言的孩子让学校充满了多元化的气氛，学校关注学生的健康，让每一个学生在这个快乐的大家庭里学习成长。学校不仅有雄厚的师资，而且还在学生学习过程中给予最大的关注和支持，给他们提供优质的教育服务，提供一个充满活力和激励的教育环境。学校给学生提供丰富多彩的活动，极大地满足了青少年成长发展的需要。这些活动包括体育活动、文化活动、旅行、游览、戏剧、学生会活动、重要节日庆祝活动等，让学生每天都有动力来学校，每天期待快乐而丰富的学校生活。学校注重精英教育和国际项目，培养学生的探索精神，提高学生的综合能力：情感、认知、创造力和体力。培养学生的跨文化意识，通过探索和了解不同的文化来开拓学生的国际视野，培养世界公民。学生可以在尊重差异的前提下平和地应对挑战，做世界的主人。

万圣节活动

教学特色：

☐ 小班教学，更多地关注学生的学习。

☐ 丰富的课程设置：法语、英语、中文、科学和应用科技（机器人）、艺术与手工、音乐、计算机、体育、数学等。

☐ 多样的户外活动：滑冰、游泳、滑雪、冰壶、冰球、雪鞋健行、各种球类运动等。

☐ 体验西方节日和季节性活动：万圣节、圣诞节、复活节、冰雪节、枫糖小屋。

☐ 与当地学生共同学习。

☐ 重视阅读和艺术教育。

☐ 鼓励创新思维和团队合作精神。

☐ 培养学生的动手能力和探索精神。

滑轮胎

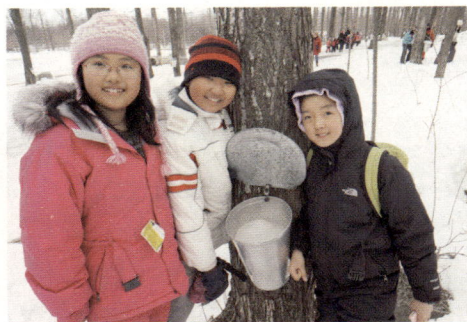

认识枫糖的采集

食宿特色：

由加拿大当地教育局提供合适的寄宿家庭，小留学生将被安排在不同的当地家庭里，品尝当地特色美食，体验地道北美家庭生活。寄宿家庭负责接送留学生上下学，提供每日三餐。

小留学生还可以报名学校课后看护班，由课后看护老师组织学生进行室内活动和户外活动，辅导学生写作业。

教育教学活动：

　　玛格丽特·布尔瓦教育局的中小学将会准备丰富的教学活动和文化活动来迎接中国的学生，以便中国学生更好地熟悉魁北克及加拿大文化，如参观天文馆、参观自然生态博物馆、参观植物园和昆虫馆、参观奥林匹克体育中心、参观枫糖小屋、游览渥太华、游览魁北克城、观看话剧表演、组织圣诞庆祝活动、户外拓展夏令营、睡衣日、读书节、冰雪节、高山滑雪、越野滑雪、冰壶、溜冰、冰球、保龄球等。

圣诞老人发拐棍糖

找南瓜比赛

滑雪

欢度中国年

毕业旅行，游览魁北克城

教育意义和宗旨：

拓宽孩子的国际视野；培养孩子的个性以及国际化、多元化的文化理念和思维方式；锻炼学生自我生存和国际交往能力；丰富孩子的人生阅历。丰富多彩的异国生活的体验，可以帮助他们打开人生的另一扇窗户，训练相对的独立生存能力，使他们学会和思考怎样与人共处、合作。强化英语的运用能力，培养学生独立学习的能力，增强学生的综合素质教育能力。了解北美洲家庭的生活方式，了解西方社会的人文文化。

澳大利亚迷你留学项目

项目介绍：

综合短期游学和长期留学的优缺点，昆士兰州顶尖私立学校克雷菲尔学校、伊普斯维奇文法学校和伊普斯维奇女子文法学校与山东师大基础教育集团合作，设计了为时75天的迷你留学项目，自2014年推出以来，已有100多名学生参加。此项目的推广是旨在为同学们提供一个在短期内增加西方文化知识的机会，尤其增强英语语言能力，培养同学们说英语的习惯。

毕业party

提高优秀的个人品质，提高对家庭、社会与国家的感恩意识，帮助学生成为有自信、受过良好教育的青年男女，对未来幸福成功的生活做好准备。项目还为有海外求学计划的学生们提供了一个熟悉国外环境的机会，使他们今后能够在求学生活中应付自如、懂得更多的社交礼仪。项目还提供给同学们感受澳大利亚壮美自然景色的机会，以缓解紧张的学习状态及想家的情绪。丰富的参观游览活动跨越澳洲东海岸：悉尼、堪培拉、布里斯班、伊普斯维奇、黄金海岸和阳光海岸。同学们在学与游的结合中会度过一个充实、收获满满的学期。学生就读的校区位于安全、整洁的富人阶级社区。

户外拓展

项目优势：

入读学校均为昆士兰州顶尖私立名校。克雷菲尔学校和伊普斯维奇女子文法学校均为昆士兰州十大女校联盟（QGSSSA）成员；伊普斯维奇文法学校为昆士兰州八大男校联盟（GPS）成员。

美丽的克雷菲尔学校

小班制教学。每2～3名同学被分配在一个班级里，小班制授课，与当地学生一起接受澳洲教育，所授课程依照"澳大利亚国家教育大纲"，并由"昆士兰州教育委员会"审核。

同堂上课

美丽相约

提供英文加强课程。学校安排具有丰富经验的英语老师教授英文课程，使学生们在进入正式课程之前掌握一定的英文基础，能够更有效地学习、交流。

澳洲课堂

嗨皮师生

　　完全融入当地家庭生活。每2～3个学生分为一组安置在澳洲寄宿家庭，所有寄宿家庭均由学校严格审核，寄宿家庭全部持有政府认证的Blue Card（监护青少年资格证）。三餐由寄宿家庭提供，每个家庭都能为学生们提供一个安全、舒适的生活环境。

我的澳洲家庭

　　出行安全有保障。为了让远在千里之外的父母放心，学校为同学们安排的寄宿家庭都会接送学生上下学，而非学生自行在陌生环境搭乘公车，或者与本家庭同校学生一起乘公共交通上下学。

　　丰富精彩的参观及游览活动。悉尼：悉尼大学、歌剧院、海港大桥、情人港、水族馆、海德公园、圣玛丽大教堂、州立艺术中心、海豚湾、滑沙。堪培拉：格里芬湖、国会大厦、铸币厂、使馆区。黄金海岸：华纳影城、天堂农庄、冲浪者天堂。阳光海岸：Mary Cairncross国家公园、Mountville 小瑞士街、Mooloolaba海滩。布里斯班：南岸公园、昆士兰文化中心、艺术与现代博物馆、昆士兰大学、孔子学院、库塔山观景台、龙柏考拉野生动物园、Manly 海滩、皇家植物园、皇后街、昆士兰科技大学科技馆。伊普斯维奇：昆士兰州政府原址、戏水公园。

独特的教育意义和宗旨。"行万里路，读万卷书"，通过迷你留学可以在国内和国际、传统和现代之间找到融合点，拓宽孩子的国际视野。

□ 培养学生的个性以及国际化、多元化的文化理念和思维方式，锻炼学生自我生存和国际交往能力。

□ 学生接触到新的思考方式，提高学习的新技能；丰富学生的人生阅历。

□ 增强学生的自信、自尊和适应能力，增强协商、合作、领导能力，提高日常生活的技能。

□ 强化英语的运用能力，培养学生独立学习的能力，通过在英语环境中讨论、学习，让英语水平得到大幅度提高。

□ 了解澳洲家庭的生活方式，了解西方社会的人文文化。

海边嬉戏

与动物亲密接触

挑战

徜徉科技馆

校园舞台剧

学生选拔标准：

1. 学习成绩优秀，英语成绩好；

2. 自律性强，能够遵守学校规定；

3. 有独立自理能力；

4. 愿意接受新鲜事物，能适应当地文化、风俗习惯；

5. 勇于挑战自我，积极进取。

学校介绍：

<mark>Clayfield College 克雷菲尔学校</mark>

● 悠久的建校历史：建校于1931年，是澳洲最享誉盛名的私立学校之一；

● 昆士兰州十大女校联盟（QGSSSA）成员；

● 卓越的学术成就：超过36%的毕业生进入澳洲八大名校；

● 卓越的体育成就：学校曾培养出4名奥运会金牌获得者，如北京奥运会

克雷菲尔学校

独得3枚游泳金牌的Stephanie Rice。

Ipswich Grammar School 伊普斯维奇文法学校

● 悠久的建校历史：建校于1863年，是昆士兰第一所私立中学；

● 昆士兰州八大男校联盟（GPA）成员；

● 卓越的学术成就：超过35%的毕业生进入澳洲八大名校；

● 为澳洲的社会和经济发展做过显著贡献：著名校友包括悉尼海港大桥设计师Dr J.J.C Bradfield；

● 卓越的体育成就：学校田径队连续几届获得澳大利亚中学生运动会冠军，并代表澳大利亚参加2015年世界中学生运动会；

● 侧重于男童教育：学校将教育重点放在依据男孩子的特定需要而制定专业化教育，努力把学生培养成全面均衡发展、负责任的青年人。

伊普斯维奇文法学校

伊普斯维奇女子文法学校

Ipswich Girls' Grammar School 伊普斯维奇女子文法学校

● 悠久的建校历史：建校于1892年；

● 昆士兰州十大女校联盟（QGSSSA）成员；

● 卓越的学术成就：超过30%的毕业生进入澳洲八大名校；

● 为澳洲社会培养出诸多杰出的女性，例如澳洲最年轻国会女议员Rachel Nolan女士；

● 致力于培养全面发展的年轻女性，使其具备领导才能，充满自信，勇于面对充满挑战的复杂世界，为接受高等教育做好充分准备。